김문형 新무협 판타지 소설

FANTASTIC ORIENTAL HEROES

실명무사 4

김문형 新무협 판타지 소설

초판 1쇄 찍은 날 § 2019년 6월 20일
초판 1쇄 펴낸 날 § 2019년 6월 27일

지은이 § 김문형
펴낸이 § 서경석

총괄팀장 § 노종아
편집책임 § 신나라

펴낸곳 § 도서출판 청어람
등록번호 § 제387-1999-000006호
등록일자 § 1999. 5. 31
어람번호 § 제2-2797호

주소 § 경기도 부천시 부일로 483번길 40 서경B/D 3F (우) 14640
전화 § 032-656-4452 팩스 § 032-656-4453
http://www.chungeoram.com
E-mail § chungeorambook@daum.net

ISBN 979-11-04-92017-2 04810
ISBN 979-11-04-91975-6 (세트)

도서출판 청어람

4

실명무사

김문형 新무협 판타지 소설

FANTASTIC ORIENTAL HEROES

目次

1장.

잠행 시작

왕직이 일꾼들을 향해 소리쳤다.

"오늘 황태후께서 아끼시는 화원을 청소할 것이니, 모두 충심으로 일하라!"

높은 사람한테는 아첨을 일삼는 왕직. 하지만 아랫사람을 대할 때는 하대를 하면서 오지랖을 부렸다.

그가 일꾼 하나를 보고 삿대질을 했다.

"빨리 좀 움직여라. 해가 중천에 뜰라!"

"나 말이오?"

"그래! 거기 너 말고 누가……."

왕직이 깜짝 놀라며 말을 삼켰다. 일꾼과 두 눈이 마주치는 순간, 이유는 모르지만 등골이 서늘해졌던 것이다.

"미안하오. 이보게, 어르신이 재촉하니 빨리 움직이자고."

"물론입니다. 네 시진 안에 일을 끝내야지요."

왕직이 삿대질을 한 일꾼은 소림승 진문, 한마디 거든 자는 당호였다.

진문은 두건을 푹 눌러써서 이마의 계인은 가렸으나 뿜어져 나오는 안광은 숨길 수 없었다.

그의 눈빛은 강호인치고는 그리 매섭지 않았다. 하지만 평범한 환관인 왕직에게는 호랑이를 보는 듯 섬뜩함이 느껴졌던 것이다.

"알았으면 빨리들 움직여라……."

어느새 왕직의 이마에서 식은땀이 흘러내렸다. 그는 말을 흘리며 몸을 돌렸다.

무명과 왕직을 따라 오십여 명의 일꾼들이 수복화원으로 이동하고 있었다.

그중 몇몇 남녀에서 나오는 기백이 다른 일꾼들을 불안하게 만들었다. 하지만 그들은 두건을 깊이 눌러쓰고 고개를 숙인 채 움직였다. 때문에 일꾼들은 그들의 존재를 눈치채지 못했고, 단지 황궁에 들어와서 긴장되는 것이라고 여겼다.

곧 일꾼들이 수복화원에 도착했다.

무명이 왕직에게 말했다.

"나는 사람들을 데리고 우물을 수리하겠네."

"우물이요?"

"그래. 자네는 다른 일꾼을 데리고 정자를 수리하고 화원을 청소하게."

"알겠습니다. 한데 그 우물은 말라 버린 지 오래되어 물이 나오지 않을 텐데……."

왕직이 고개를 갸웃거리자, 무명은 주위를 한번 둘러본 뒤 귓속말을 속삭였다.

"실은 영왕께서 우물을 조사하라고 은밀히 명을 내리셨네."

"네? 영왕께서요?"

"쉿! 목소리를 줄이게."

"네에……."

"영왕께서 보낸 문방사보에 서찰이 있었네. 우물 속에 황궁의 기보가 있으니 찾아오라는 명이었네. 이 일은 절대 비밀이네. 만약 태자가 알게 되신다면 자네와 나는……."

무명이 손날을 목에 대고 가로로 스윽 그었다.

입을 놀리면 목이 떨어진다. 왕직이 무명의 뜻을 깨닫고 고개를 끄덕였다.

"입조심하겠습니다."

"그러니 우물 주위에 아무도 오지 못하도록 하게."

"네, 네."

"오늘 시간이 다 되면 일꾼들을 물리고 내일 다시 부르게. 만약 내가 다른 명이 없으면, 모레도 일꾼들을 부르게.

알았나?"

"알겠습니다."

지하 감옥에서 망자비서가 있는 곳까지 가려면 두 시진이 걸렸다.

왕복하면 네 시진. 하지만 기관진식이나 함정이 있다면 얼마나 시간이 걸릴지 알 수 없었다. 때문에 무명은 왕직에게 일꾼을 모레까지 부르도록 명한 것이었다. 잠행이 끝난 다음 일행이 일꾼들에 섞여서 황궁을 나가야 되니까.

무명은 왕직에게 평소보다 배는 많은 은자를 찔러주었다.

"그럼 수고해 주게."

"걱정 마시고 일 보십시오!"

영왕의 명령 얘기에 침을 꿀꺽 삼키던 왕직은 은자를 받자 언제 떨었냐는 듯이 신바람을 냈다. 그리고 일꾼들을 데리고 정자 쪽으로 가버렸다.

무명은 남은 자들과 함께 우물로 향했다.

일꾼 하나가 투덜대며 말했다.

"네놈은 솜이 들어간 옷을 입고서, 우리는 낡아빠진 천 쪼가리냐?"

"억울하면 당신도 환관을 하라고 하지 않았소."

환관 한 명, 궁녀 한 명, 그리고 여섯 명의 일꾼과 두 명의 여인. 그들은 대명객잔에서 잠행 계획 회동을 한 일행이었다.

"그나저나 황궁에 이리 쉽게 발을 들일 수 있다니, 의외로군요."

"말했잖아요. 황궁 외곽은 오히려 경비가 약화됐다고. 대신 전서구를 보낼 때 황궁 중심을 지나가지 않게 조심하세요."

"왜입니까?"

"금위군의 강궁에 꿰여서 떨어질 테니까요."

송연화 말을 들은 당호가 침을 꿀꺽 삼켰다.

하늘을 나는 비둘기도 떨어뜨리는 금역. 황제 주위의 금위군 경비가 얼마나 삼엄한지 알 수 있었다.

곧 일행은 우물에 도착했다.

우물 옆에는 작은 수레가 하나 있었는데, 그 위에 커다란 꾸러미가 놓여 있었다.

꾸러미에는 일행이 쓰는 검병이 들어 있었다. 황궁 경비가 허술하다고 하나, 병장기를 들고 북문을 통과할 수는 없었다.

무명은 일행의 검병을 모아서 주방으로 들이게 했다. 주방은 칼과 솥같이 쇠로 된 물건을 많이 쓰기 때문이다. 그런 다음 밤에 소행자와 환관들을 시켜서 화원에 갖다 놓도록 명한 것이었다.

무명이 꾸러미를 풀자, 검병이 좌르르 소리를 내며 흩어졌다.

일행이 각자 자신의 검병을 챙기기 시작했다.

장청과 송연화는 검을 들었고, 남궁유는 그녀가 쓰는 연검을 집었다.

이강은 금성추, 정영은 척사검을 들었다.

제갈윤의 병기는 붓 모양으로 된 점혈도구인 판관필 두 자루였다. 마지일은 검 외에도 살이 쇠로 된 부채인 철선(鐵扇)을 챙겼다.

진문의 병기는 꾸러미 한쪽으로 삐죽 빠져나와 있었다. 그것은 길이가 반 장 가까이 되는 두 개의 단봉(短棒)이었다.

당호는 폭뢰와 정체 모를 물건이 가득 들어서 무거워 보이는 혁낭을 어깨에 짊어 멨다.

무명은 연투갑을 입고 그 위에 다시 상의를 걸쳤다.

또한 일행은 겹쳐 입었던 일꾼 의복을 벗어 수레에다 두었다. 그리고 육안룡이 붙은 천을 하나씩 품에 넣었다.

제갈윤이 혁낭에서 부적을 꺼내 나누어주었다.

"종류마다 한 장씩, 모두 네 장이오. 특히 산 자의 기척을 없애는 부적은 반드시 품에 지니고 있으시오."

당호가 고개를 갸웃하며 물었다.

"산 자의 기척을 없애는 부적과 산 자의 냄새를 나게 하는 부적을 같이 가지고 있습니까? 혹시 두 장의 효과가 중첩되어서 사라지면요?"

"그럴 리는 없소. 흑랑비서에 따르면 산 자의 냄새가 나는 부적을 가졌다고 해서 기척을 없애는 효과가 없어지는 건 아니오."

"괜한 걱정이었군요."

마지막으로 각자 남궁유가 가져온 벽곡단과 물주머니를 챙기는 것으로 잠행 준비가 모두 끝났다.

무명이 미리 준비한 줄사다리를 나무에 묶은 다음 우물 속으로 던졌다.

그가 먼저 우물을 내려갔다. 이어서 장청과 진문이 내려온 뒤 일행은 잠시 기다렸다. 어른 세 명이 서자 우물 속이 꽉 들어찼기 때문이다.

무명이 진흙투성이가 된 쇠고리를 가리켰다.

“이걸 여시오.”

진문이 한 손으로 쇠고리를 쥐고 잡아당겼다. 끼이익, 쿵! 진문은 무명이 힘들게 열었던 뚜껑을 단숨에 들어 올려서 활짝 열어젖혔다.

셋은 이마에 육안룡 천을 질끈 묶었다.

“그럼 들어갑시다.”

무명은 지하로 향하는 돌계단을 내려갔다. 다음으로 장청, 진문이 따라왔고, 일행도 줄사다리를 타고 한 명씩 우물 속으로 들어와서 뒤를 이었다.

황궁 밑의 지하 감옥 잠행이 시작된 것이었다.

돌계단은 여전히 어둡고 미끄러웠다. 하지만 육안룡의 빛줄기가 앞을 밝혔기 때문에 무명은 어렵지 않게 돌계단을 내려갈 수 있었다. 기름불을 들었을 때와는 천지 차이였다.

곧 계단이 끝나고 통로가 나왔다.

일행은 무명을 선두로 해서 일렬로 통로를 걸었다.

강호에 출행해서 숱한 기사를 겪었을 명문정파의 후기지수들. 하지만 그들도 황궁 지하에 뜻밖의 장소가 있는 것을 보고 꽤 놀란 눈치였다.

"황궁 밑에 지하 통로가 있다니, 놀랍군요. 제가 황제라면 편히 잠을 못 자겠습니다. 언제 지하를 통해 자객이 들이닥칠지 알 게 뭡니까?"

"아니. 황제는 분명 단잠을 잘 거다."

"왜죠?"

"멍청하니까. 놈이 똑똑하다면 자기 이불 밑을 이렇게 방치해 두었겠냐?"

"그러다 정말 제 명에 못 죽으십니다."

"바라던 바군. 악인이 하나 사라지면 강호도 더욱 평화롭지 않겠냐?"

당호와 이강이 쓸데없는 대화를 나눴다. 둘의 목소리를 제외하면 일행의 발소리 말고 아무 소리도 들리지 않았다.

차 한 잔 마실 시간이 지나자 통로가 끝나고 작은 공터가 나왔다. 일렬로 오던 일행 열 명이 처음으로 공터 중앙에 둥글게 모였다.

제갈윤이 양미간을 구기며 주위를 두리번거렸다.

"갑자기 추워졌군."

"통로는 후덥지근했는데 이곳은 꼭 북해빙궁에 온 것 같군요."

제갈윤과 당호가 양미간을 구기며 주위를 살폈다. 그들은 돌벽에 손을 대보거나 무릎을 꿇고 바닥을 살피는 등 공터를 유심히 조사했다.

제갈윤이 고개를 끄덕이며 말했다.

"내 짐작이 맞았소. 여기는 한빙석으로 만든 방이오."

그가 검지로 사방을 가리켰다.

"전후좌우 돌벽은 물론, 천장과 바닥까지 한빙석으로 되어 있소."

"이렇게 큰 방이 한빙석으로? 대단하군요."

당호가 감탄하며 말했다.

다른 자들도 깜짝 놀라며 서로의 얼굴을 쳐다봤다.

한빙석(寒氷石)은 자연적으로 냉기를 내뿜는 돌판을 말한다.

그러나 한빙석은 단순한 얼음이 아니었다. 얼음은 온도가 높아지면 녹는 반면, 한빙석은 한여름에도 그 위에 음식을 놓으면 썩지 않았다.

특히 한빙석으로 만든 침상에서 내공심법을 수련하면 끓어오르는 기혈을 식혀줘서 주화입마에 걸리지 않을 뿐 아니라, 운기조식의 효과를 몇 갑절 이상 높여주었다. 때문에 강호인은 한빙석을 어떤 무공비급보다 더한 보물로 여겼다.

그런 한빙석이 공터를 둘러싸고 있는 것이다. 아무리 공터의 크기가 작다고는 해도 놀라운 일이 아닐 수 없었다.

"돌벽을 부수고 한빙석을 꺼내 팔면 한밑천 생기겠군."

"천금을 주고도 살 수 없는 한빙석을 왜 이런 곳에다 낭비했을까요?"

"그걸 내가 어찌 알겠소?"

제갈윤이 퉁명스럽게 말했다.

그런데 무명이 당호의 질문에 대신 대답했다.

"망자를 막기 위해서요."

"뭐라고요?"

당호와 제갈윤을 포함한 모든 일행의 시선이 무명에게 집중됐다.

무명은 공터가 한빙석으로 이루어졌다는 제갈윤의 말을 듣고 생각나는 게 있었다. 그가 자신의 추측을 얘기했다.

"지하 감옥이 정말 있는지 확인하기 위해 여기 들어왔다가 망자들에게 쫓겼었소. 그런데 추격하던 망자들이 공터의 경계에서 발을 멈추었소."

"망자가 냉기에 약하다는 말입니까?"

"그게 아니면 공터에 발을 못 들이는 이유가 없지 않겠소?"

송연화가 한마디 덧붙였다.

"망자의 약점이 하나 추가되었군요."

일행은 득의에 찬 눈으로 고개를 끄덕였다.

그러나 무명은 한 가지 의문이 떠올랐다.

'망자가 정말 냉기에 약하다면, 일부러 한빙석을 써서 결계를 만들었다고 할 수 있다. 그럼 망자를 왜 이곳에 가두려고 한 것일까?'

즉 무명이 궁금한 것은 지하 감옥을 설계한 자의 의도였다.

하지만 아무리 생각해도 해답이 나오지 않았다.

장청이 물었다.

"어느 쪽으로 가야 되오?"

공터에는 세 개의 통로가 연결되어 있었다. 각각 북, 서, 북서 방향으로 난 통로였다.

무명은 생각했다.

'소행자랑 왔을 때는 서쪽 통로로 들어갔었다.'

서쪽 통로는 일가족처럼 보이는 망자들이 식사를 하고 있었다. 그때 망자들에게 쫓겨서 죽을 고비를 넘긴 것이 떠오르자 무명은 등줄기가 서늘했다.

무명이 대답했다.

"중간 통로로 갑시다."

책가도에 표시된 지하 감옥의 출입구는 세 군데였다.

그중 수복화원은 '천공개물'이란 서책이 꽂힌 곳에 있었다. 천공개물이 꽂힌 위치는 책장 하단의 오른쪽이었다. 반면 망자비서가 있으리라 생각되는 산해경은 책장 중간에서 조금 위쪽에 위치했다.

천공개물에서 산해경까지는 비스듬히 왼쪽 위를 향하는 대각선이 그어졌다. 즉 북서로 난 통로가 가장 빠른 길이었다.

하지만 확신할 수는 없었다.

'만약 중간에 길이 얽혀 있다면?'

북서 통로가 가장 빠른 길일지, 아니면 망자가 우글거리는 함정일지는 짐작이 불가능했다.

일행은 한 명씩 북서 통로로 들어갔다.

공터를 떠나자 기온이 높아졌다. 비좁고 후덥지근한 통로가 끝없이 이어졌다. 일행은 지루함을 느끼기 시작했다.

마지일이 기지개를 켜며 하품을 했다.

"아하암! 잠행 회동한다고 난리를 치더니, 이래서야 동굴 나들이 온 것과 뭐가 다르지?"

장청이 날카롭게 일침했다.

"또 부맹주님에게 불경을 저지르려는 거냐?"

"내가 언제 부맹주님 얘기를 꺼냈다고 그러시나? 하하하하……."

호탕하게 웃어젖히던 마지일이 입을 꾹 다물었다.

장청과 마지일이 굳은 얼굴로 서로를 쳐다봤다. 어디선가 괴이한 소리가 들렸기 때문이다.

쌔애애애액…….

무명이 말했다.

"지금부터가 진짜 잠행이오."

*　　　*　　　*

장청이 팔을 치켜들며 주먹을 꽉 쥐었다.

정지 신호였다.

일행은 제자리에서 발을 멈춘 다음 검을 뽑고 병기를 들었다.

스르릉.

장청이 선두에 선 무명에게 눈짓을 했다. 무명은 무공을 모르니, 지금부터 자신이 앞장서겠다는 뜻이었다. 무명은 고개를 끄덕인 뒤 장청의 뒤로 갔다.

계속해서 장청이 손바닥을 펼쳐서 가로로 스윽 밀었다. 소리 없이 움직이라는 신호였다.

일행은 발소리가 나지 않게 조심하며 한 걸음씩 이동했다.

장청의 수신호는 처음 보고도 무슨 뜻인지 알아차릴 만큼 동작이 분명했다. 또한 일행은 그가 수신호를 내리는 것과 거의 동시에 움직였다.

무명은 이들이 과연 명문정파의 후기지수답다고 생각했다.

한 점의 빛도 없던 통로가 조금씩 밝아지고 있었다. 동시에 정체를 알 수 없는 괴음도 점점 크게 들렸다.

쌔애애액…….

이번에는 장청이 검지로 이마를 가리키며 빙빙 돌렸다.

일행은 이마에 묶은 천을 둘둘 말아서 육안룡 구슬을 싸맸다. 빛줄기가 새어 나와서 적에게 들키는 것을 피하기 위해서였다.

갑자기 통로가 끝이 났다.

장청이 손바닥을 아래로 누르자, 일행은 몸을 낮추고 고개를 숙였다.

그가 고개를 내밀어 통로 너머를 보고 말했다.

"밑으로 내려가는 계단이 있고 그 아래는 공터요."

"공터? 한빙석 방 같은 곳이오?"

"아니오. 공터라기보다 광장이라 해야 맞겠군. 직접 와서 보시오."

무명이 그의 옆으로 다가가 고개를 내밀었다.

통로에 연결된 계단 아래는 꽤 넓은 광장이 자리하고 있었다. 광장은 곳곳에 기름불이 있어서 통로처럼 어둡지 않았다.

그런데 아무것도 없는 빈 광장이 아니었다. 광장은 일직선으로 뻗은 길쭉한 모습이었는데, 가운데로 난 길의 양옆에 수천 명이 넘는 병사들이 진을 치고 있었던 것이다.

당호와 이강이 대화를 나눴다.

"저 병사들은 뭐죠? 황궁 밑이니까 금위군일까요?"

"무슨 헛소리냐? 망자다."

"저게 다 망자라는 말입니까?"

"개방 놈들 수백 명이 망자가 된 것도 봤는데 뭘 놀라냐?"

둘의 대화는 여느 때처럼 흐지부지 끝났다.

하지만 무명은 당호의 말에서 짚이는 게 있었다.

바로 '금위군'이란 말이었다. 광장을 사이에 두고 마주 보며 서 있는 병사들. 마치 황제가 길 한가운데를 걸어가면서 사열하는 것을 기다리는 듯한 모습이 아닌가?

무명은 생각했다.

'저들은 대체 누구를 지키기 위해 대오를 갖추고 있는 걸까?'

장청이 광장 너머를 가리켰다.

"저기에 통로가 있소."

그의 검지를 따라 시선을 옮기자, 광장의 반대편에 통로가 있었다. 지금 있는 통로와 연결되는 길로 보였다.

문제는 광장에 사열해 있는 망자 병사들이었다.

수천 명이 넘는 병사들은 길의 좌우 양옆을 빽빽하게 메우고 있었다. 광장을 지나치려면 한가운데를 가로지르는 것 외에는 방법이 없었다.

장청이 제갈윤에게 물었다.

"부적의 효과는 확실하오?"

"물론이오. 설마 제갈세가를 믿지 못하겠다는 건 아니겠지?"

"그런 말은 아니오. 하지만 부적을 실전에서 시험해 본 적도 없지 않소?"

"……."

장청의 말이 사실인지, 제갈윤이 화난 눈으로 입을 다물었다.

하지만 제갈윤은 앞장서서 광장으로 내려가지 않았다. 오만한 그도 수천 명의 망자 앞에서는 부적의 효과를 자신할 수 없었던 것이다.

장청이 결정을 못 내리고 있을 때였다.

"내가 부적을 제대로 만들었는지 확인해 주지."

이강이 앞으로 나서며 말했다.

일행은 그가 어떤 방법으로 부적 효과를 시험할지 몰라서 고개를 갸웃거렸다. 그런데 이강의 다음 행동을 본 일행은 경악하고 말았다.

탁, 탁, 탁… 휙!

이강이 성큼성큼 앞으로 걸어간 다음 광장을 향해 몸을 날리는 것이 아닌가?

"……!"

일행은 입을 딱 벌린 채 굳어버렸다.

터억!

이강이 병사들이 마주 보고 서 있는 길의 한복판에 착지했다.

순간 병사들이 일제히 고개를 좌우로 돌렸다. 척!

수천 명의 병사들이 한 지점을 향해 고개를 돌리는 모습은 가히 장관이었다. 그러나 일행은 침을 꿀꺽 삼키며 긴장했다. 오직 이강만이 여유롭게 미소 지으며 말하는 것이었다.

"살아 있을 때 훈련을 잘 받은 모양이군, 후후후."

차 한 모금 삼킬 시간이 지나갔다. 일행은 그 짧은 시간이 영겁처럼 느껴졌다.

곧 병사들이 천천히 고개를 돌려서 다시 앞을 봤다.

이강이 일행을 보며 말했다.

"보시다시피 제갈세가 놈들이 성공한 모양이다."

"그것 참 다행이군요."

당호가 참았던 한숨을 내쉬며 대답했다.

이강이 부적 효과를 확인했으니 머뭇거릴 이유가 없었다. 일행은 계단을 내려갔다.

광장에 내려온 일행은 긴장된 눈으로 병사들을 바라봤다.

병사들은 당호의 말대로 황궁을 지키는 금위군 같은 모습을 하고 있었다.

그들은 전신에 쇳조각을 이어 붙여 만든 갑주를 둘렀으며, 한 손에는 길이가 일 장을 넘는 방천극을 쥐고 있었다.

그러나 갑주의 표면과 방천극의 창날은 잔뜩 녹이 슬고 이끼가 끼어 있었다. 또한 창 자루가 썩어서 곳곳에 빠진 창날이 떨어져 있었다. 갑주 역시 연결하는 끈이 낡고 썩어서 가슴팍에 덜렁덜렁 매달려 있는 게 하나둘이 아니었다.

오와 열을 맞춘 채 창 자루가 썩을 시간 동안 서 있는 병사들.

그들이 얼마나 오래 이곳을 지키고 있었을지 아무도 짐작할 수 없었다.

장청이 명했다.

"모두 반대편 통로로 이동한다."

일행이 병사들 사이로 난 길을 걷기 시작했다.

제갈윤이 나눠준 부적은 효과가 확실했다. 일행이 코앞을 지나가도 병사들이 꿈쩍도 하지 않은 채 제자리를 지키고 있었기 때문이다.

그러나 병사들의 신체 중 움직이는 부분이 있었다.

바로 눈이었다.

병사들은 푸르뎅뎅한 얼굴을 앞으로 향한 채 눈알을 돌려서 일행이 가까이 다가오는 것을 쳐다봤다. 그러다가 일행이 앞을 지나치는 순간, 눈알이 뒹굴거리며 일행을 향해 좇아오는 것이었다.

마치 해바라기가 해를 따라 고개를 돌리는 것처럼.

그것으로 끝이 아니었다.

병사들의 입에서 뱀의 혀 같은 게 빠져나와서 날름거렸다.

쌔애애액…….

일행이 깜짝 놀라 고개를 돌리면, 뱀의 혀는 생명이 있는 것처럼 순식간에 입속으로 쏙 들어가 모습을 감추어 버렸다.

당호가 중얼거렸다.

"오싹하군요. 귀신 들린 집에 들어가도 이보다는 낫겠습니다."

정영이 그 말에 고개를 끄덕였다.

"나도 그래. 대체 어떤 자가 이런 곳을 만들었을까?"

남궁유가 한마디 했다.

"다들 겁도 많네. 어차피 움직이지도 않잖아? 그냥 목인장 같구만."

목인장은 굵은 통나무에 여러 개의 자루를 박아 사람 모양으로 만든 것으로, 외가 무공에서 접근전 위주의 권격을 수련할 때 쓰는 도구였다.

즉 남궁유의 말은 수천 명의 망자 병사들을 인형으로 여기는 것이었다. 일행은 그녀를 두고 담대하다고 해야 될지, 철이 없다고 해야 될지 알 수 없었다.

곧 일행은 광장을 지나쳐서 반대편 통로에 도착했다.

남궁유가 어깨를 으쓱하며 말했다.

"거봐. 별일 없잖아?"

"네네, 어련하시겠습니까."

당호가 한숨을 쉬며 대꾸했다.

어쨌든 남궁유의 말이 맞았다. 흑랑비서 부적 때문에 산 자의 기척을 눈치채지 못하는 망자들은 목인상이나 마찬가지였다.

일행은 얼굴에서 긴장감을 지우고 미소를 되찾았다.

"하하하하! 이거야 너무 쉽군. 부맹주님은 바빠 죽겠는데 왜 부르신 건지, 원."

"마지일, 또 시작이냐?"

"하지만 말야, 회동할 때는 몽땅 죽을 것처럼 겁을 주더니 이건 좀 아니잖아?"

"잠행이 쉬워진 것은 모두 제갈세가의 덕분인 줄 아시오."

"아아, 그것만큼은 인정하지. 하하하하!"

여유를 되찾은 일행은 등 뒤의 망자들을 신경 쓰지 않고 대화를 나누었다.

하지만 무명은 생각이 달랐다.

'아직 긴장을 늦출 때가 아니다. 만일의 사태가 벌어져서 저 망자들이 일제히 달려든다면?'

죽지 않고 달려드는 수천 병사들과의 일전. 아수라장이 따로 없으리라.

장청이 말했다.

"다시 통로로 들어갈 테니 모두 침묵하라. 무명, 앞장서시오."

무명은 고개를 끄덕인 뒤 통로로 들어갔다. 일행이 하나씩 그 뒤를 따라왔다.

그때 이강이 바로 뒤에 붙으면서 전음을 보냈다.

[저 병사들이 두렵냐?]

무명은 다른 자들에게 들키지 않도록 고개를 돌리지 않은 채 대답했다.

[그렇소. 당신은 수천 명이 넘는 망자가 무섭지 않소?]

[아니라고 하면 거짓말이겠지. 하지만 망자들보다 더 무서운 게 있다.]

[그게 무잇이오?]

무명은 이강이 또 쓸데없는 트집을 잡을 거라고 생각했다.

그런데 그의 말은 전혀 생각지도 못한 것이었다.

[이번 잠행에서 가장 위험한 것은 망자 떼도 기관진식도 아니다. 바로 저놈들이다.]

이강이 슬쩍 고갯짓으로 일행을 가리켰다.

[저놈들이 망자보다 더 위험하다.]

[뭐라고?]

무명이 하마터면 이강에게 고개를 돌릴 뻔했다.

[저들은 같은 잠행조의 일행이지 않소?]

[같은 잠행조? 언제부터 강호에 아군 적군이 따로 있었지?]

[…….]

[저놈들은 모두 딴생각을 품고 있지만 목적은 하나다. 어떻게 하면 망자비서를 독차지해서 자기 문파의 세를 넓힐까만 궁리하고 있지. 다들 힘을 모아 잠행을 끝내고 탈출하겠다는

생각은 쥐뿔도 없단 말이다.]

이강이 킬킬거리며 비웃었다.

[제갈성마저 저놈들을 믿지 못해서 망자비서의 위치를 말하지 말라고 했지 않냐?]

[그랬었군.]

[예전에 도사 한 놈이 이런 말을 했지. 세상에서 가장 무서운 것은 악귀가 아니라 사람이라고. 언제 어떤 놈이 뒤통수를 칠지 모르니 조심해라, 후후후.]

이강이 기분 나쁜 웃음을 흘리며 말을 끝냈다.

일행은 계속해서 통로를 걸었다.

그때 세 개의 통로가 연결된 공터가 나왔다. 하지만 먼젓번 공터와는 많이 달랐다.

한빙석 공터의 통로는 모두 왼쪽으로 치우쳐져 있었다. 그러나 이번 공터의 갈림길은 정확히 좌우 그리고 정방향으로 향하고 있었다.

즉 방금 일행이 나온 것까지 치면 공터는 동서남북으로 통로가 연결된 셈이었다.

네 개의 통로가 사거리처럼 이어져 있는 공터.

장청이 물었다.

"어디로 가야 하오?"

"일단 중앙 쪽 통로로 전진합시다."

일행은 동서남북의 북쪽 통로로 들어가 이동을 계속

했다.

통로는 끝도 없이 이어졌다. 어떤 때는 뱀처럼 구불구불 좌우로 굽어졌다. 어떤 때는 오르막길과 내리막길이 반복해서 나오기도 했다.

또한 세 통로로 갈라지는 공터도 계속해서 나왔다. 무명은 그때마다 중간 길을 선택했다.

차 한 잔 마실 시간을 걸었을 때였다.

통로가 굽어지는 모퉁이에서 그림자들이 길게 바닥에 드리워졌다.

장청이 주먹을 든 다음 손바닥을 펴서 벽 쪽으로 밀었다. 일행은 발을 멈추고 일렬로 서서 벽에 바싹 붙었다.

곧 병사들 네 명이 모습을 드러냈다.

일행은 망자의 몰골을 똑똑히 볼 수 있었다. 그들은 얼굴이 푸르뎅뎅하게 핏기가 빠져 있는 것은 물론, 군데군데 썩어서 살점이 떨어져 뼈가 드러나 있었다.

일행은 숨죽인 채 병사들이 지나가기를 기다렸다. 다행히 그들은 일행을 눈치채지 못하고 그대로 걸어가 버렸다.

"저들은 광장을 지키지 않고 통로를 돌아다니는군요."

"광장에 있는 자들은 근위병, 저들은 정찰병인 셈이겠지."

장청의 말에 모두 고개를 끄덕였다.

그 뒤에도 일행은 통로를 돌아다니는 병사들과 마주쳤다.

하지만 병사들은 일행을 눈치채지 못하고 지나쳤다.

제갈윤이 마지일을 보며 말했다.

“당신 말이 맞았소. 지하 감옥 잠행? 이건 나들이오.”

“역시 제갈 공자는 두뇌가 명석하여 말귀가 통하는군, 하하하하!”

“둘이 말이 심하군.”

장청이 지적하자 제갈윤이 날카롭게 반문했다.

“그럼 왜 기관진식도 함정도 코빼기도 안 보이는 거지? 부적 덕분에 망자도 목인상이나 다름없는데 기관진식까지 없으니 나들이가 아니고 뭐요? 내 그놈의 기관진식 좀 볼 수 있다면 소원이 없겠군!”

그의 목소리가 좁은 통로의 벽에 반사되어 쩌렁쩌렁 울렸다.

그때 무명이 물었다.

“부적이 통하니 그렇게 좋으시오?”

“물론이다. 설마 제갈세가를 질투하는 건 아니시겠지?”

“나는 강호의 무명 서생인데 그럴 리가 있겠소? 그보다 축하하오. 당신 소원이 성취됐소.”

“무슨 소리냐?”

“기관진식이 나왔소.”

“뭐? 어디?”

제갈윤이 깜짝 놀라 주위를 두리번거렸다.

"바로 여기요."

무명이 일행의 발아래를 가리키며 말했다.

"우리는 이미 기관진식의 함정에 걸려들었소."

2장.

미궁 속의 도주

제갈윤이 멍한 목소리로 물었다.

"지금 뭐라고 했냐?"

"못 들었으면 한 번 더 말해주겠소. 우리는 기관진식 함정에 빠졌소."

무명의 목소리는 어느새 싸늘하게 식어 있었다.

"무언가 이상하지 않소? 가도 가도 끝없이 통로만 이어지고 있는 게 말이오."

"그야 지하에 만든 비밀 통로이니 당연하지. 누굴 잠행 한두 번 해본 것으로 아나?"

제갈윤이 발끈하며 반문했다.

그러나 무명은 단호하게 고개를 저었다.

"당신 생각은 틀렸소. 우리는 지금 한번 지나간 통로를 계속 반복해서 돌고 있소."

"하하하, 그런 말도 안 되는……."

당호가 제갈윤의 말을 자르며 물었다.

"그럼 한자리를 빙글빙글 맴돌고 있다는 뜻입니까?"

"그렇소."

무명이 고개를 끄덕였다. 일행은 경악하는 눈으로 서로의 얼굴을 쳐다봤다.

송연화가 말했다.

"그럴 리가 없어요. 갈림길이 나올 때마다 계속 일직선으로 왔잖아요?"

"아니오. 통로는 알게 모르게 좌우로 굽어져 있었소. 세 갈림길 중 가운데 통로를 선택했지만, 일직선으로 이동했다고는 볼 수 없소."

"진법이군."

제갈윤이 씨익 웃으며 끼어들었다.

"제갈세가의 선조이신 제갈무후는 적군이 한번 들어오면 빠져나갈 수 없는 팔진을 만드셨지. 길 안내를 맡은 자가 진법을 모른다는 게 이번 잠행의 실수였군."

그의 말은 무명을 심하게 비아냥거리는 것이었다.

하지만 무명은 조금도 분노하지 않고 태연하게 말했다.

"맞소. 나는 진법을 모르오."

"삼류 서생이 제법 겸손함은 갖추었군."

"그러나 이곳의 통로는 진법이 아니라 기관진식으로 막힌 것이 확실하오."

"뭘 믿고 그리 확신하지? 증거라도 있나?"

제갈윤이 피식 웃으며 중얼거렸다. 그런데 무명이 고개를 끄덕였다.

"있소."

"뭐라고?"

"내 생각이 맞다면 증거가 곧 나타날 것이오."

"흥, 좋다. 기다려 보지."

제갈윤이 콧방귀를 끼며 팔을 꼈다.

일행은 공터에 선 채 무명의 말을 기다렸다. 어차피 같은 곳을 빙빙 맴돈다는 것을 알았으니 무턱대고 움직일 수는 없었다.

차 한 잔 마실 시간이 지났을 때, 무명이 통로를 가리키며 말했다.

"증거가 오고 있소."

"무슨 헛소리냐? 증거가 제 발로 걸어올 리가 없지 않냐……."

무명을 비웃던 제갈윤은 말을 삼키고 말았다. 통로에서 그림자가 드리워지더니, 곧 병사들이 모습을 보였던 것이다.

"우리가 지금까지 본 병사들은, 실은 같은 자들이오. 우리와 저들이 걷는 경로는 달랐지만, 중간에 겹치는 지점이 있었소. 때문에 병사들과 마주쳤던 것이오."

"……!"

제갈윤을 포함한 일행 모두가 깜짝 놀랐다.

"맞습니다! 아까 봤던 그자들입니다!"

당호가 병사들의 면면을 살피더니 소리쳤다.

"시체 같은 얼굴 때문에 몰랐군요. 뭐, 시체이긴 합니다만… 두 번째 병사가 썩은 창을 들고 있고, 마지막 병사는 갑주가 떨어져서 맨가슴인 것도 똑같습니다."

다른 자들도 시체의 이목구비를 살폈다.

틀림없었다. 핏기 없는 푸른 얼굴 탓에 몰라봤지만, 지금까지 몇 번을 거듭해서 마주쳤던 자들이었다.

"진법으로 만든 곳이라면 저 병사들도 불규칙적으로 나타났을 것이오. 하지만 병사들이 돌아다니는 시간은 일정했소. 우리처럼 저들 또한 같은 곳을 빙빙 돌고 있다는 뜻이오."

"……."

제갈윤은 말문이 막혔는지 입을 다물었다.

송연화가 말을 흐리며 중얼거렸다.

"어떻게 이런 일이……."

병사들은 공터를 가로질러서 다른 통로로 들어가 사라졌다. 병사들이 사라진 뒤에도 일행은 한참 동안 입을 다물고 침음했다.

당호가 침묵을 깨고 말했다.

"이곳은 미궁이군요."

미궁(迷宮). 한번 들어가면 쉽게 빠져나올 수 없도록 복잡하게 길이 얽힌 장소를 말한다. 황궁 밑의 지하 감옥은 단순히 기관진식 방만 있는 게 아니었던 것이다.

장청이 물었다.

"이제 어떻게 할 생각이오?"

"일직선 말고 다른 통로로 이동하면서 출구를 찾읍시다."

"출구?"

"먼저 우리가 걸었던 통로와 지금 미궁이 연결되는 곳이 있을 것이오. 그 출구를 찾으면 이곳을 나갈 수 있소."

"좋소. 모두 이동한다."

장청의 명에 일행은 발을 옮겼다.

그때 무명이 마지일을 돌아보더니 뜻밖의 말을 건네는 것이었다.

"전진교의 검법을 구경시켜 줄 수 있겠소?"

"뭐라? 지금 내게 도전하는 거냐?"

"나는 무공을 모르는 서생이오. 설마 그럴 리가 있겠소?"

무명이 막 들어가려는 통로의 위를 가리키며 말했다.

"저기에 검으로 표식을 남기시오."

당호가 무명의 뜻을 알아차리고 소리쳤다.

"어느 통로를 지나갔는지 표시해 두려는 거군요!"

무명의 뜻을 오해해서 잠깐 눈빛이 흉흉하던 마지일도 헛웃음을 터뜨리며 말했다.

"난 또 뭐라고. 어쨌든 썩 그럴듯한 수작이군."

탓! 마지일이 바닥을 차며 뛰어올랐다.

그의 몸이 공중에 둥실 떠올랐다. 이어서 그가 검을 뽑더니 수직으로 세 번 내리그었다.

스스슥!

검광이 번쩍이는가 싶었는데, 어느새 검은 다시 검집에 들어가 있었다. 그는 그냥 내려오는 게 싱거웠는지 한 바퀴 공중제비를 넘으면서 바닥에 착지했다.

탁! 그 모든 동작이 눈 깜박할 순간에 끝났다.

"어떠냐? 감상이라도 말해보시지?"

"무공을 모르는 몸이나, 전진교가 왜 강호에 위명이 높은지 충분히 알겠소."

"말은 잘하는군."

마지일이 피식 웃으며 몸을 돌렸다.

무명의 말은 아첨이 아니었다. 통로 위의 돌벽에는 세 개의 금이 파여 있었는데, 마치 붓을 들고 내 천(川) 자를 쓴 것처럼 표식이 또렷했던 것이다. 매사에 안하무인인 마지일은 무공만큼은 허세를 부리는 게 아니었다.

일행은 마지일이 표식을 남긴 통로로 들어갔다.

계속해서 무명은 공터의 사거리가 나올 때마다 왼쪽이나 오른쪽으로 방향을 바꾸었다. 또한 두 번에 한 번은 일직선으로 곧장 나아갔다.

공터를 지나갈 때마다 마지일이 통로 위에 검으로 표식을 남겼다.

그렇게 방향을 바꿔서 이동하기를 십여 번 반복했다. 일행은 이제 자신들이 어디쯤에 있는지 짐작할 수 없었다.

그러던 중 다시 공터에 발을 들였을 때였다.

갑자기 무명이 발을 멈췄다. 당호가 영문을 몰라서 물었다.

"왜 그러십니까?"

"표식이 있소."

무명이 검지로 가리킨 왼쪽 방향의 통로 위에 마지일이 남긴 표식이 있었다.

"미궁을 한 바퀴 돌아서 처음 시작한 장소로 왔군요."

그런데 무명이 뜻밖의 말을 꺼냈다.

"미궁의 길은 대충 알겠소. 문제는 그게 아니오."

"네? 그럼 뭐가 문제입니까?"

"망자가 우리 존재를 눈치챈 것 같소."

"부적 효과가 아직 멀쩡한데 그럴 리가 있겠습니까?"

당호가 고개를 갸웃거리며 반문했다. 다른 일행도 그의 말에 동감이었다.

그러나 이어지는 무명의 말에 그들은 입을 딱 벌리고 말왔다.

"저걸 보고도 못 믿겠소?"

무명이 일직선으로 향하는 통로의 위를 가리켰다. 그곳에는 왼쪽 통로처럼 천(川) 자 모양의 검흔이 나 있는 것이었다!

"저게 다가 아니오."

계속해서 그는 오른쪽 통로는 물론, 방금 일행이 나온 등 뒤의 통로까지 가리켰다. 두 통로 역시 똑같이 천(川) 자 검흔이 나 있었다.

네 방향의 통로에 모두 표식이 되어 있는 공터.

그게 뜻하는 것은 하나였다.

"망자가 검흔을 남겼소. 우리가 길을 찾지 못하고 헤매도록 말이오."

"……!"

일행은 벌어진 입을 좀처럼 다물지 못했다.

잠시 후, 제갈윤이 침묵을 깨고 말했다.

"기계 팔을 단 기관진식이 검흔을 남겼나 보군."

그는 일이 틀어지자 어린아이처럼 터무니없는 트집을 잡았다.

장청이 쓴웃음을 지으며 말했다.

"지금 말장난할 때가 아니오."

"말장난? 미궁의 출구를 찾는답시고 시간 낭비만 한 게 누구지?"

"우리는 모두 같은 잠행조요. 누구 한 명의 실수를 따져서 뭐가 달라지오?"

"좋다. 실수한 자가 잘못을 인정한다면 더는 과오를 묻지 않지."

제갈윤과 장청이 무명을 돌아봤다. 장청도 더 이상 무명을 두둔할 수 없었던 것이다.

그런데 무명의 대답이 뜻밖이었다.

"스스로 잘못을 인정하겠다니, 과연 제갈무후의 후손다우시군."

"뭐라고? 지금 네가 아니라 나보고 실수했다는 말……."

"그렇소."

무명이 단호하게 말했다.

"나는 미궁의 출구가 어딘지 대략 짐작이 가오. 반면 망자가 우리 존재를 눈치채고 검혼을 남긴 것은 부적의 효과가 다했다는 뜻이니, 우리 중에 실수한 자가 있다면 그건 바로 당신이오."

"네, 네놈……."

제갈윤은 입술을 파르르 떨며 말을 잇지 못했다.

당호가 물었다.

"미궁 출구가 어디인지 아셨습니까?"

"짐작 가는 곳이 있소."

"잘됐군요! 빨리 갑시다!"

일행은 무명의 뒤를 따라 다시 이동하기 시작했다.

무명이 미궁 출구를 찾았다는 말을 하자, 제갈윤은 어느새 찬밥 신세가 되어 아무도 돌아보지 않았다. 제갈윤은 흉흉한 눈빛으로 일행의 뒤를 바라보다가 마지막이 되어서야 천천히 발을 떼었다.

무명의 발걸음은 거침이 없었다. 그는 갈림길이 나올 때마다 마치 자신이 태어난 동네 골목인 것처럼 주저 없이 통로를 선택해서 들어갔다.

장청이 무명을 보며 말했다.

"걸음이 빨라졌군."

"이미 지나온 길은 다 외워두었소."

"외웠다고? 사거리가 나올 때마다 무작위로 통로를 골라 들어간 게 아니었나?"

"무작위처럼 보이지만 규칙이 있었소."

장청이 고개를 갸웃거리자, 무명이 설명했다.

"왼쪽으로 두 번 방향을 꺾으면, 다음 사거리에선 직진을 했소. 그다음에 나오는 사거리는 반대로 오른쪽으로 두 번을 꺾었소. 그러면 결국 일직선으로 길을 간 것이나 마찬가지요."

당호가 기가 막히다는 얼굴로 말했다.

"아무 길이나 들어가는 줄 알았더니, 기(己) 자 모양으로 왔다 갔다 했군요. 어쩐지 처음 장소를 귀신같이 찾으신다 했습니다."

일행은 당호의 말을 듣고 무명이 어떻게 길을 찾았는지 알 수 있었다. 동시에 그의 치밀한 행동에 혀를 내둘렀다.

당호가 재차 물었다.

"그럼 미궁 출구는 어디라고 생각하십니까?"

갑자기 주위가 조용해졌다. 일행이 숨소리도 멈춘 채 무명의 말에 귀를 기울였기 때문이다.

"통로가 오르막길이었다가 공터를 지나자마자 내리막길로 변한 곳을 기억하시오?"

"가만있자… 네, 생각납니다!"

"그곳에 기관진식이 있을 거라 짐작하오."

"대체 생각하시는 기관진식이 어떤 겁니까?"

"우리는 미궁에 들어오기 전에 계속 내리막길을 걸었소. 그런데 어느 순간 내리막길과 오르막길이 반복되며 한자리를 맴돌게 됐소."

"무슨 뜻인지 잘 모르겠군요."

"천장에 있는 다락방을 생각해 보시오."

무명이 설명했다.

"다락방의 문이 닫혀 있을 때는 그 위에서 바닥처럼 문을 밟고 걸어 다니오. 그런데 문을 열고 아래로 내려간 뒤에 다시 닫는다면? 다락방으로 가는 길은 막혀서 사라지고, 바닥이었던 문은 이제 천장이 되는 것이오."

당호의 가는 눈이 더욱 길게 늘어졌다.

"우리가 통로에서 내려오자 바닥이 뚜껑처럼 위로 붙어서 천장이 되었고 새로운 길이 만들어졌다? 그 바람에 같은 길을 빙빙 돌게 되었다?"

"정답이오."

곧 오르막길이 시작됐다. 그러다가 반대편 통로가 내리막길이 되는 공터가 나왔다.

"기관진식이 있다면 바로 이곳이오."

당호가 고개를 돌리며 육안룡의 빛줄기로 공터를 살폈다. 그가 금세 이상한 곳을 발견하고 말했다.

"저기 돌벽에 틈이 보입니다!"

당호가 가리킨 천장에 기다랗게 틈새가 나 있었다. 통짜로 된 게 아니라 돌과 돌이 맞붙어 있다는 뜻이었다.

제갈윤이 쓴웃음을 지으며 말했다.

"소가 뒷걸음치다 쥐를 잡았군. 빨리 기관진식이나 작동시키시지?"

그런데 무명이 고개를 저었다.

"기관진식이 있는 장소를 알았다고 했지, 작동법까지 안다고는 말 안 했소."

"뭐라고? 작동법을 몰라? 다들 너 때문에 미궁을 몇 바퀴나 돌았는데 이제 와서 발뺌이냐?"

제갈윤이 참았던 화를 터뜨렸다.

그러나 무명은 어깨를 으쓱하면서 대답하는 것이었다.

"작동법을 몰라도 기관진식을 파훼할 수 있소."

제갈윤이 광소를 터뜨리며 소리쳤다.

"하하하하! 작동법도 모르는 주제에 기관진식을 파훼할 수 있다고? 어디 한번 해보시지. 네가 다른 수법으로 기관진식을 파훼하면 내 손에 장을 지지마!"

그런데 무명은 차갑게 냉소하며 말하는 것이었다.

"지금 한 말은 못 들은 것으로 하겠소."

"뭐라고?"

"그렇게 나를 이기고 싶다면 밖에 나가서 도전하시오. 하지만 지금은 같은 잠행조이니, 당신이 틀렸다고 장을 지질 필요는 없소."

"이놈이 진짜……."

제갈윤이 이를 부드득 갈았다.

그러나 무명은 그를 무시한 채 당호를 보며 말했다.

"당호, 천장의 틈새에 폭뢰를 설치하시오."

"폭뢰? 아아, 벽력탄 말입니까?"

"그렇소."

무명이 제갈윤 보고 들으라는 듯이 말했다.

"벽력탄을 써서 천장을 폭파하시오. 기관진식을 열 수 없다면 부수면 그만이오."

"알겠습니다."

당호가 등에 멘 혁낭을 내려놓고 폭뢰를 꺼냈다. 그의 손동

작에 신바람이 들어가 있었다.

일행은 헛웃음을 지으면서 고개를 끄덕였다.

무명의 말이 옳았다. 무엇 하러 기관진식 장치를 찾으며 시간 낭비를 한단 말인가? 산서 벽력당의 폭뢰가 있는데?

제갈윤도 그 사실을 깨달았는지 할 말을 잃은 채 부들부들 떨었다.

벽력탄은 일 척 길이로 자른 짧은 봉 같았으며, 끝에 기다랗게 심지가 붙어 있었다.

당호는 천장과 벽의 틈새에 벽력탄 여러 개를 깊숙이 박았다. 그리고 심지를 한데 모아서 길게 늘어뜨렸다.

그가 벽력탄을 설치하면서 말했다.

"대체 언제 기관진식이 작동했을까요?"

"기관진식의 장치는 아마도 미궁 바닥에 있을 거요."

"사람들이 발로 밟고 지나가면 압력이 가해져서 작동하는 장치겠군요?"

"맞소. 바닥 어디에 있을지 모르는 장치를 찾아다닐 시간은 없소. 폭뢰를 써서 길을 뚫는 쪽이 훨씬 빠를 것이오."

일행은 둘의 대화를 들으며 고개를 끄덕였다. 무명은 제갈윤의 말을 도전으로 여기면서 회피했다. 하지만 누가 봐도 패배한 쪽은 제갈윤이었다.

"다 됐습니다. 근데 천장이 무너질 테니, 자리를 피해야 됩니다."

"모두 이동한다."

장청의 명에, 일행은 통로로 들어가 다른 공터까지 이동했다.

당호는 벽력탄에 붙은 심지를 다른 심지에 묶어서 연결했다. 그리고 둘둘 말린 심지 묶음을 풀면서 일행을 따라왔다.

마지막으로 공터에 도착한 당호가 품에서 작은 죽통을 꺼냈다. 안에 불씨가 들어 있어서 종이 등을 대고 입김을 불면 불꽃이 붙는 화섭자였다.

그가 심지를 대고 화섭자를 불었다.

화섭자 끝에서 불꽃이 튀더니, 금세 심지로 옮겨 갔다. 불이 붙은 심지가 빠르게 타들어갔다.

치지지직…….

잠시 후, 엄청난 굉음이 터졌다.

콰콰쾅! 우르르르!

미궁 전체가 지진이 난 것처럼 심하게 흔들렸다. 다른 자들은 상관없었으나, 무명은 넘어지지 않기 위해 벽에 몸을 기대고 버텨야 됐다.

진동은 곧 가라앉았다.

하지만 먼지바람이 통로를 거쳐서 일행이 있는 곳까지 불어왔다. 휘이이잉! 일행은 전설로 남은 산서 벽력당 폭뢰의 위력을 새삼 실감했다.

"막혔던 통로가 정말 뚫렸을까요?"

"가보면 알게 되지 않을까 싶소."

"우문현답이군요."

오랫동안 지하에 쌓여 있던 먼지가 올라오자, 육안룡의 빛도 세 걸음 앞을 비추지 못했다.

일행은 천천히 걸음을 옮겼다.

그때 반대편 통로의 자욱한 먼지 속에서 사람 그림자가 떠올랐다.

장청이 주먹을 들었다. 일행은 발을 멈추고 정지했다.

하지만 그림자의 정체가 드러나자 모두 피식 헛웃음을 터뜨렸다.

이강이 말했다.

"후후후… 자라 보고 놀란 가슴, 솥뚜껑 보고 놀란다더니."

그림자는 다름 아니라 미궁을 돌아다니는 병사들이었던 것이다.

네 명의 병사들이 입 구(口) 자 진형을 갖춘 채 일행 쪽으로 걸어왔다. 일행은 그들이 지나갈 길을 만들기 위해 옆으로 몇 걸음 물러섰다.

그러나 제갈윤은 코웃음을 치며 단지 한 걸음만 비켜섰다.

"흥, 하나같이 겁쟁이들뿐이군."

병사들이 코앞을 스치듯이 지나갔지만, 제갈윤은 자신만만한 얼굴로 그들을 지켜봤다.

문득 무명은 이상한 생각이 떠올랐다.

'통로에 검흔을 남긴 자는 누구일까?'

마지일의 전진교 검법은 실로 놀라웠다. 석공이 조각도를 들어도 그처럼 깔끔하게 천(川) 자를 새길 수는 없을 것이다.

그렇다면 다른 세 군데의 통로에 검흔을 남긴 자 역시 마지일만큼 검법이 고명한 자라는 뜻이 된다. 미궁을 돌아다니는 망자 병사들 중에 무공의 고수가 있다는 말인가?

게다가 더욱 의문이 풀리지 않는 문제가 있었다.

'검흔을 남긴 망자는 잠행조를 어떻게 눈치챘을까?'

제갈윤이 나눠준 흑랑비서 부적의 효과는 확실했다. 수천 명의 병사들이 운집해 있던 광장에서도 망자들은 일행의 존재를 전혀 눈치채지 못하지 않았던가?

'그 모든 것이 가능하려면…….'

순간 무명은 모든 일의 진상을 깨달았다.

그가 다급하게 소리쳤다.

"제갈윤! 빨리 물러나시오!"

"아직도 흑랑비서의 부적을 믿지 못하는 거냐……."

그때였다.

병사 하나가 눈알을 스윽 옆으로 굴려서 제갈윤을 노려봤다. 그리고 말했다.

"거기 있었냐?"

키에에에엑!

병사가 펄쩍 뛰어서 두 손으로 제갈윤의 목을 붙잡았다. 그리고 열 개의 손톱이 살에 깊숙이 박힐 만큼 엄청난 힘으로 조르기 시작했다.

"크으윽!"

부적을 맹신하다가 병사에게 급습을 당한 제갈윤은 비명을 지르며 몸부림쳤다.

하지만 유명세가의 후기지수인 그는 당하고만 있지 않았다.

제갈윤이 품에서 두 개의 판관필을 꺼냈다.

그가 양손에 판관필을 하나씩 들고 뾰족한 부분이 손 밑으로 나오게끔 돌렸다. 빙글. 그리고 못을 박듯이 두 개의 판관필을 병사의 눈에 때려 박았다.

푸푹!

기다란 판관필이 두 눈알을 관통하자, 붉은 피가 줄줄 흘러내렸다.

그러나 병사는 제갈윤에게서 떨어지지 않았다.

병사는 오히려 목을 조르던 손을 풀더니, 두 팔을 벌려서 제갈윤의 몸통을 두 팔로 부둥켜안았다. 콱. 병사가 턱주가리를 활짝 벌렸다. 쩌억.

병사가 거친 송곳니를 제갈윤의 목덜미에 쑤셔 넣었다.

"으아아아……."

그런데 병사가 제갈윤의 목을 물어뜯으려는 찰나, 한 줄기 검광이 번쩍거렸다.

스팟!

병사의 목이 공중에 붕 떠올랐다. 목은 그대로 통로 멀리 날아가더니 바닥에 떨어져서 어둠 속으로 데굴데굴 굴러가 버렸다.

병사의 목을 베고 제갈윤을 구한 것은 마지일이었다.

"이게 말로만 듣던 망자냐? 두 눈을 잃어도 덤벼드는 꼴이 제법인데? 하하하하!"

마지일은 제갈윤이 안전하다고 생각했는지 검을 검집에 넣었다.

그러나 망자를 처음 본 마지일은 모르는 것이 있었다. 사람은 목을 베면 죽지만, 망자는 이미 죽은 시체라는 사실이었다.

깨끗이 베인 병사의 목 단면에서 굵직한 혈선충의 촉수가 문어발처럼 빠져나왔다.

푸화아아악!

촉수들이 꿈틀거리며 제갈윤의 목과 얼굴을 칭칭 휘어 감으며 졸랐다.

"커걱!"

촉수의 힘은 병사의 두 손과 비교가 안 됐다. 제갈윤의 얼굴이 금세 잘 익은 홍시처럼 시뻘겋게 달아올랐다.

"완전 미쳤군……."

마지일은 어이가 없는지 중얼거렸다. 그가 병사의 목을 벤 게 오히려 일을 크게 만든 결과가 되어버린 것이다.

그때 장청이 검을 뽑아서 빠르게 가로로 베었다. 서걱!

후두두둑! 굵은 촉수들이 두 동강이 나서 바닥에 떨어졌다.

이어서 그가 검을 수직으로 길게 세우더니, 재빨리 갈 지(之) 자를 그리며 두 번 베었다.

촤! 이번에는 병사의 두 손목이 바닥에 떨어졌다.

장청이 제갈윤의 뒷덜미를 붙잡고 뒤로 당겼다. 제갈윤과 병사 사이가 벌어지자, 장청은 몸을 회전하며 병사의 옆구리에 발뒤꿈치를 찔러 넣었다.

"하앗!"

숭산파의 비전 각법인 무영퇴법(無影腿法)이 터졌다.

퍽! 병사의 몸이 부웅 떠올라 삼 장 밖으로 날아갔다. 그는 돌벽에 부딪친 다음 바닥에 널브러졌다.

"괜찮소?"

"허억허억… 고맙소."

제갈윤이 숨을 헐떡이며 고개를 끄덕였다.

병사를 단숨에 처치한 장청의 수법은 전광석화와도 같았다.

그런데 누군가가 천천히 박수를 치며 장청을 칭찬하는 것이었다.

"이미 죽은 시체이니 목을 베는 것보다 촉수와 사지를 잘라서 접근하지 못하도록 떨어뜨려 놓는다? 망자를 한 번 상대해

본 것치고는 제법 훌륭한 전법이다, 후후후."

짝, 짝, 짝…….

태연하게 박수를 치며 웃는 자는 이강이었다.

일행은 두 눈이 없는 그가 차갑게 웃는 몰골이, 목이 없는 망자 병사만큼 소름이 끼쳤다.

무명이 제갈윤을 보며 한마디 했다.

"흑랑비서에는 부적 그리는 법만 나와 있고 망자가 왜 위험한지는 없는 것 같군."

"……"

크게 낭패를 당한 제갈윤은 고개를 숙인 채 아무 말이 없었다. 그러나 바닥을 내려다보는 그의 두 눈은 음침한 기운을 띠고 있었다.

키에에엑!

통로로 들어갔던 병사 세 명도 산 자의 존재를 눈치챘는지 몸을 돌려서 공터로 돌진해 왔다.

장청과 마지일이 검을 들고 병사들과 맞섰다.

그들은 이제 병사들의 목을 노리지 않고 두 팔부터 잘랐다. 그런 다음 무작정 돌격하는 병사들의 가슴팍을 권각법으로 날려 버렸다. 세 명의 병사는 이렇다 할 공격도 못 해보고 버둥거리며 바닥에 쓰러졌다.

일행은 이제 망자 상대법을 어느 정도 터득했다고 생각했다.

장청이 말했다.

"망자를 상대할 때 가장 중요한 것은 물리거나 붙잡히지 말아야 되는 것이군."

마지일이 웃음을 터뜨렸다.

"죽지 않는 시체? 사지가 없으니 별것도 아니군, 하하하하!"

둘은 자신만만한 얼굴로 서로를 돌아봤다.

그런데 무명이 둘의 들뜬 분위기에 찬물을 끼얹었다.

"망자와 싸우는 게 그렇게 쉬울 것 같소?"

"뭔 소리냐? 다 물리쳤잖아?"

마지일이 어깨를 으쓱하며 병사들이 쓰러져 있는 어둠 속을 쳐다봤다.

그때 바닥에 떨어져 있던 병사의 목이 희번덕거리며 두 눈알을 굴렸다. 공교롭게도 고개를 돌리던 마지일과 병사의 시선이 딱 마주쳤다.

"뭐야? 아직도 안 죽었어?"

마지일이 검을 들고 병사의 목을 향해 다가갔다.

"묻어주진 않을 테니까 알아서 신선이 돼라, 하하하하!"

그때였다. 병사가 음산한 목소리로 소리쳤다.

"나는 네놈의 묘지기다! 네놈을 산 채로 흙 속에 파묻어주지!"

"…이게 목이 떨어져도 입은 살았군."

마지일은 어이가 없는지 잠깐 침음하다가 중얼거렸다. 그가 잔인한 표정을 지으며 검을 높이 치켜들었다.

"신선? 아니, 그냥 뒈져라."

그런데 막 검을 내려치려던 마지일이 동작을 멈췄다.

"마, 말도 안 돼……."

항상 자신만만한 웃음을 짓던 그가 멍한 표정을 하며 중얼거렸다.

통로 멀리 어둠 속에서 십여 명이 넘는 병사들이 우르르 달려오고 있었던 것이다.

그게 다가 아니었다. 공터의 왼쪽과 오른쪽에 난 통로에서도 병사들이 달리는 소리가 들리기 시작했다.

타타타타탓! 키에에에엑!

"제기랄."

마지일이 침을 꿀꺽 삼키며 뒷걸음쳤다.

당호가 폭뢰를 설치한 공터 쪽 통로를 보며 말했다.

"설마 포위된 건 아니겠죠?"

이강이 대답했다.

"아니다. 우리가 지나온 통로에서는 발소리가 안 들린다."

"천만다행이군요."

그 말에 무명이 차갑게 대꾸했다.

"다행? 만약 광장에 있던 병사들이 모두 달려오고 있다면 어쩔 것이오?"

"……!"

목을 베고 손발을 잘라도 잠깐 시간을 벌 수 있을 뿐, 병사들을 확실하게 죽일 방법은 알 수 없었다. 게다가 흑랑비서의 부적은 어찌 된 영문인지 효력을 잃은 상황이었다.

그런데 수천 명이 넘는 병사들이 통로 사방에서 쏟아져 나온다고?

숱한 강호출행을 거듭하며 생사의 위기를 겪은 명문정파의 후기지수들.

그러나 지금 그들의 얼굴은 핏기가 가시며 창백해졌다.

장청이 소리쳤다.

"움직여라! 빨리!"

일행은 몸을 돌리고 먼저 왔던 통로로 들어갔다.

그리고 미친 듯이 달리기 시작했다.

일행은 한마디 말도 없이 통로를 달렸다.

통로는 먼지가 자욱해서 세 걸음 앞이 보이지 않았다. 그나마 앞으로 달리기만 하면 되는 것이 다행이었다. 만약 갈림길로 들어가야 했다면 일행 중 누군가는 길을 잘못 들어서 행방을 잃었을 것이다.

그들은 이제 망자와의 싸움이 쉽지 않다는 것을 깨달았다.

무공 수위로만 보면 일행은 수천 명의 병사들을 충분히 찍어 누르고도 남았다. 일류를 넘은 고수 하나가 삼류무사 수십 명을 상대하는 것은 문제도 아니었다.

그런데 하수들이 고수를 이기는 방법이 몇 가지 있었다.

가장 유명한 방법은 동귀어진이었다.

동귀어진을 노리는 적은 삼류무사라 할지라도 까다로웠다. 자신의 목숨은 도외시한 채 상대와 함께 죽자고 덤비기 때문이다.

특히 기강이 잡힌 흑도 무리는 명문정파의 고수들도 상대하기를 꺼렸다. 수십, 수백이 넘는 무사들이 죽여도, 죽여도 끝없이 달려드니까.

독을 쓰는 것 역시 고수를 처치하는 방법 중 하나였다.

물론 고수가 두 눈 뜨고 멀쩡히 독에 당해줄 리는 없다.

그러나 고수의 밥그릇에 무미(無味)의 독을 탄다면? 고수가 잠을 자는 방에 무색(無色)의 연기를 흘려 넣는다면?

고수가 독에 당했다는 것을 깨달았을 때는 이미 늦은 것이다.

그런데 망자는 그 두 가지 방법을 모두 갖고 있었다.

목과 사지가 떨어져도 달려드는 것은 동귀어진과 똑같았다. 또한 잘못 접촉하면 혈선충에 감염되는 건 독에 당하는 것과 마찬가지였다.

게다가 아군이 망자에게 당하면 적군의 수가 하나 늘어나는 셈이니…….

악척산이 당하는 모습을 목격했던 장청, 당호, 정영, 남궁유는 물론, 다른 일행 모두 망자의 무서움을 새삼 실감했다.

그런데 달리는 중에 무명이 당호에게 물었다.

"연막탄은 어떻게 쓰는 것이오? 벽력탄처럼 화섭자로 불을 붙여야 하오?"

"아닙니다."

당호가 고개를 저으며 말했다.

"산서 벽력당의 연막탄은 두 종류의 액체로 되어 있습니다. 당문에서 내부가 둘로 나뉘어지게 병을 만들고 액체를 채웠습니다. 병을 던져서 깨지면 두 액체가 뒤섞이면서 연기가 나오게 되죠."

"그렇군. 하나 받아둘 수 있겠소?"

"연막탄을요?"

"혹시 쓸 일이 생길지 몰라서요."

"알겠습니다."

무명의 심계를 잘 알고 있는 당호는 더 묻지 않았다. 그리고 혁낭에서 작은 병 하나를 꺼내서 건넸다.

곧 일행은 벽력탄을 터뜨린 공터에 도착했다.

선두에서 달리던 당호가 고개를 들어 위를 봤다.

"성공입니다!"

육안룡의 빛이 비추는 곳에 천장이 내려앉아 있었고 그 너머로 뻥 뚫린 통로가 보였다.

"말씀하신 대로입니다. 바닥이 천장으로 올라가서 길을 막았었군요."

당호가 천장에 뚫린 통로로 올라가기 위해 한 발자국 내디뎠다.

순간 무명이 달려들어 그의 뒷덜미를 붙잡았다.

“물러서시오.”

“뭐라고요?”

당호는 막 디딘 발을 뒤로 뺐다. 그리고 허공을 밟은 반탄력으로 몸을 뒤로 날렸다. 답설무흔의 경지까지는 못 되나, 일류 고수에 걸맞은 날렵한 경신법이었다.

무명이 검지로 아래를 가리켰다.

“바닥에 구멍이 있소.”

고개를 내리던 당호는 깜짝 놀랐다. 방금 걸음을 옮기던 곳에 사람 한 명이 빠질 만한 크기의 구멍이 뚫려 있는 게 아닌가?

“천장이 무너지면서 돌 더미에 구멍이 뚫린 것 같소.”

“…….”

당호는 할 말을 잃고 침음했다.

일행은 천장이 뚫리고 통로가 나온 것에만 신경 쓰고 있었다. 때문에 공터에 도착하자 고개를 들어 천장부터 봤다.

그런데 무명 혼자만 모든 곳을 살피며 혹시 모를 위험에 대비했던 것이다.

당호가 눈을 가늘게 뜨며 말했다.

“역시 대단하시군요. 감사합니다.”

"과찬이오."

무명은 담담하게 대꾸한 뒤 바닥에 뚫린 구멍을 무심코 내려다봤다.

구멍 밑으로 보이는 것은 평범한 방이었다. 방에는 두 명이 앉을 크기의 탁자가 있었고, 그 위에는 기름불과 장기판이 놓여 있었다.

그런데 장기판이 조금 이상했다. 한편에는 장기짝이 마(馬) 하나밖에 없는 반면, 다른 편에는 병(兵)이 여덟 개나 있었다. 마치 어린애가 장기짝으로 장난을 쳐놓은 것 같았다.

휙! 당호가 몸을 날려서 천장 위로 올라갔다.

장청이 명했다.

"다들 서두르자."

일행이 당호를 따라 천장으로 올라가려고 할 때였다.

당호가 밑을 향해 고개를 쑥 내밀며 소리쳤다.

"멈추십시오!"

"뭐라고? 왜?"

당호는 황급히 다시 공터로 뛰어내렸다. 그의 얼굴이 창백하게 질려 있었다.

"저 위에 병사들이 새까맣게 모여 있습니다! 수십 명도 넘는다고요!"

"……!"

일행은 경악했다.

벽력탄을 써서 뚫은 미궁의 출구.

그런데 그곳은 이미 병사들이 진을 치고 일행을 기다리고 있었던 것이다.

곧 공터에 난 네 방향의 통로에서 병사들의 그림자가 나타났다. 일행은 그야말로 동서남북으로 포위된 것이었다.

마지일이 말했다.

"다들 멍청히 있을 거냐? 통로를 하나 골라서 병사 놈들을 베어버리고 들어가자!"

하지만 무명이 반문하자 그는 할 말을 잃어버렸다.

"당신들이라면 병사 십여 명쯤은 아무것도 아니겠지. 하지만 다시 통로로 들어가면 결국 미궁을 헤매는 꼴밖에 되지 않겠소?"

"빌어먹을……."

이강이 기분 나쁘게 웃음을 흘렸다.

"앞뒤가 몽땅 막혀 버렸으니 말 그대로 진퇴양난이군, 후후후."

당호가 두 눈을 실처럼 가늘게 뜨며 말했다.

"지금 상황에 그딴 말이 목구멍에서 나옵니까?"

"목소리 한번 살벌하구나. 그럼 듣기 좋은 말을 해주랴? 수레가 산 앞에 이르면 반드시 길이 있는 법(車到山前必有路走). 어때, 희망이 좀 생기냐?"

"악당은 죽는 순간까지 악당이라더니. 참는 것도 한계가 있는 줄 알아라."

당호가 말을 끝내는 것과 동시에 품속으로 두 손을 집어넣었다.

이강이 씨익 미소를 지었다.

"오늘에야 사천당문 놈들의 암기 수법을 구경하겠군."

"구경? 당문의 암기 소리를 듣는 순간 네놈은 벌써 죽었을걸?"

"듣던 중 반가운 말이군."

스스스스. 이강의 주위가 붉게 핏빛으로 물들었다.

그때였다.

"멈추시오."

워낙 흉흉해서 아무도 막지 못하던 둘 사이에 끼어든 자는 놀랍게도 무공을 모르는 무명이었다.

"수레가 산 앞에 이르면 반드시 길이 있다. 당신 말이 맞았소."

"살아날 길을 찾았군. 어디냐?"

"그게 정말입니까?"

둘은 언제 흉포한 기운을 내뿜었냐는 듯이 반기는 얼굴로 물었다.

"바로 여기요."

무명이 검지로 어딘가를 가리켰다.

검지를 따라 시선을 옮기던 당호가 황당하다는 눈빛으로

반문했다.

"지금 미쳤습니까?"

무명이 가리킨 탈출구는 다름 아닌 공터 바닥에 뚫린 구멍이었던 것이다.

다른 일행도 어이없다는 눈으로 무명을 쳐다봤다.

"시간이 없소. 당장 여기로 내려가야 하오."

"돌 더미가 무너져서 생긴 구멍으로 내려가자고요? 도대체 무슨 생각입니까?"

당호의 목소리가 거칠어졌다.

하지만 무명의 얼굴은 너무 냉정한 나머지 담담하게 보이는 것이었다.

"지금까지 내가 내린 결정에 잘못된 것이 있었소?"

"그건 아니지만……."

"선택은 두 가지요. 여기로 내려가든가, 싸우다가 죽든가."

휙! 무명이 말을 끝내자마자 구멍 아래로 뛰어내렸다.

일행은 어찌할 줄을 모르고 서로의 얼굴만 쳐다봤다.

가장 먼저 무명의 뒤를 따라간 자는 이강이었다.

"서생 놈 말이 틀린 적 있었냐? 따라오기 싫으면 거기서 망자나 되든지, 후후후."

이강이 구멍을 향해 몸을 날렸다.

한 명이 앞장서자, 곧 다른 자도 뒤를 따랐다. 송연화였다.

"이강 말이 맞아요. 지금 뒷일을 따질 때가 아니에요."

그녀 역시 구멍 밑으로 뛰어내렸다.

그러는 사이, 네 군데의 통로와 천장 위에서 병사들이 우루루 몰려왔다.

키에에에엑!

하지만 매사에 침착한 장청도 이번만큼은 결정을 못 내리고 주저했다.

남궁유가 입을 삐죽 내밀고 중얼거리며 몸을 날렸다.

"남자가 뭐 이래? 우유부단한 도덕 선생 같으니!"

그녀가 뛰어내린 것이 신호탄이 되었다. 장청이 명을 내리기도 전에 공터에 남은 일행은 서로 앞을 다투어 하나씩 뛰어내렸다.

병사들이 공터에 막 들이닥치는 찰나, 일행은 한 명도 빠짐없이 구멍 밑으로 내려가는 데 성공했다.

그런데 마지막으로 장청이 내려온 뒤, 무명이 구멍 위쪽으로 무언가를 휙 집어 던졌다.

당호가 물었다.

"그게 뭡니까?"

"아까 받았던 연막탄이오."

챙강! 위에서 병이 깨지는 소리가 들렸다. 이어서 한 치 앞도 보이지 않을 만큼 희뿌연 연기가 구멍 위에서 내려오기 시작했다.

푸시시시…….

제갈윤이 비웃으며 말했다.

"웃기는군. 산 자의 냄새를 맡고 추격하는 망자들한테 잠시 시야를 가릴 뿐인 연막탄을 써서 어쩌자는 거지?"

그런데 무명의 대답에 일행은 다시 한번 입을 다물지 못했다.

"그 말은 맞소. 해서 연막탄 병에 산 자의 냄새가 나는 부적을 묶어서 던졌소."

"산 자의 냄새가 나는 부적이라고? 그럼……."

"연기로 앞이 보이지 않는데 부적 주위에서 산 자의 냄새가 계속 날 테니, 병사들의 발을 잠시 묶어둘 수 있을 것이오."

"……."

"다들 뭘 꾸물대시오? 빨리 따라오시오."

무명이 방에 이어진 통로로 들어가며 말했다.

멍청히 서 있던 일행은 그제야 정신을 차리고 무명의 뒤를 따랐다.

일행은 쉬지 않고 달렸다.

통로는 더는 갈림길이 나오지 않고 일직선으로 뻗어 있었다. 적어도 같은 곳을 헤매게 만드는 미궁을 탈출한 것은 틀림없었다.

차 한 잔 마실 시간이 지났을 때, 작은 공터가 나왔다.

갑자기 후덥지근한 공기가 사라지고 한기가 느껴졌다. 먼저

처럼 한빙석으로 된 공터였다.

"한빙석 방이 또 나왔군요."

"서생 놈 말이 맞다면 망자들이 쫓아와도 여기서 발을 멈추겠군."

그제야 일행은 안도의 한숨을 쉬었다.

송연화가 말했다.

"어쨌든 살긴 살았군요. 다행이에요."

"밑에 구멍이 생겼다고 무작정 뛰어내린 것치고는 운이 좋았죠."

당호는 여전히 앙금이 남았는지 툭 말을 내뱉었다.

그런데 무명이 고개를 저었다.

"바닥에 구멍이 뚫린 것은 확실히 운이 좋았소. 하지만 무작정 뛰어내린 것은 아니오."

"무슨 말씀입니까?"

"우리는 지금 망자비서가 있는 곳을 지름길로 가고 있는 중이오."

"네? 그게 정말입니까?"

당호를 포함한 일행은 또다시 깜짝 놀랐다.

"그렇소. 혹시 방에서 이상한 물건을 본 자가 있소?"

"……"

일행은 다시 한번 꿀 먹은 벙어리가 되었다. 이강은 무명의 생각을 읽었는지 피식 웃었지만 따로 말을 하지는 않았다.

그런데 무명의 물음에 대답하는 자가 나왔다.

"장기판이 이상했소."

목소리의 주인은 지금까지 잠행하면서 단 한마디도 꺼내지 않고 침묵을 지키던 자, 바로 소림승 진문이었다.

"장기판에 마는 하나인데 병은 여덟 개나 있었소. 장(將)과 수(帥)가 죽었는데 승부가 나지 않은 것도 이상하고, 전부 다섯 개인 병이 세 개나 더 있는 것도 이상했소."

일행은 어안이 벙벙해서 진문을 쳐다봤다.

진문의 말대로 장기판은 분명 이상했다.

그러나 소림사 나한당에서 하루 종일 무공만 수련할 듯 보이는 진문이 장기에 대해 해박한 것도 이상하기는 마찬가지였다. 게다가 병사들을 피해서 도주하는 판에 장기판을 들여다볼 여유가 있었다는 말인가?

무명이 제갈윤을 보며 말했다.

"장기의 마와 병은 병법에서 기병과 보병에 해당하오. 뭐 생각나는 것 없소?"

"마 하나에 병 여덟 개… 혹시 육도삼략이냐?"

"맞소. 태공망의 병법서인 육도삼략에 따르면, 기병 한 기가 보병 여덟 기의 전력에 해당한다고 했소. 장기판의 말은 그걸 가리키고 있었던 것이오."

"그런 것까지 놓치지 않다니 대단하십니다. 그런데 육도삼략이 지금 무슨 상관입니까?"

당호가 한숨을 쉬며 물었다.

"상관이 있소."

무명이 대답했다.

"지하 감옥의 지도에 육도삼략의 방이 나와 있었소."

3장.

우리 중에 망자가 있다

책가도에 있는 총 삼백육십오 권의 서책들.

그중에 태공망이 쓴 병법서인 육도삼략이 있었던 것이다.

무명은 책가도는 언급하지 않은 채 지도상에 육도삼략의 방이 존재한다고만 말했다.

"망자비서로 가는 경로에 육도삼략의 방이 있었소."

"그럼 길은 제대로 가고 있다는 뜻이오?"

"그렇소. 또한 한 번에 육도삼략의 방까지 왔으니, 중간 길을 거치지 않고 건너뛴 셈이오."

"지름길로 왔다는 말이군요."

장청과 당호가 무명의 설명을 듣고 말했다. 돌무더기 파편이 떨어지는 바람에 우연히 뚫린 구멍. 하지만 그 밑에는 망자비서로 통하는 중간 경로가 존재했던 것이다.

이강이 피식 웃으며 말했다.

"인생사 새옹지마라더니, 서생 놈 운 하나는 기막히게 좋군."

그러나 일행은 생각이 달랐다.

구멍 밑의 이상한 방 풍경을 놓치지 않고 포착한 것은 분명 무명의 실력이었다. 실력이 없는 자는 운이 찾아와도 잡지 못하지 않는가?

장청이 말했다.

"다시 길 안내를 부탁하겠소."

그의 목소리에 무명을 신뢰하는 기색이 담겨 있었다.

장청뿐 아니라 다른 일행도 무명을 다른 시선으로 봤다. 무명의 잠행 실력을 모두 인정하기 시작한 것이었다.

그런데 무명이 뜻밖의 말을 꺼냈다.

"망자비서로 가는 건 잠시 미룹시다. 그보다 여기서 할 일이 있소."

"여기서? 무엇이오?"

일행은 영문을 몰라서 무명을 쳐다봤다. 이어지는 무명의 말은 일행을 그야말로 경악하게 만들었다.

"우리 중에 망자가 있소."

"뭐라고?"

일행은 할 말을 잃고 멍하니 서로의 얼굴을 쳐다봤다.

송연화가 말했다.

“우리 중에 망자가 있다고요? 그럴 리가 없어요!”

다들 그 말에 고개를 끄덕였다. 하지만 망자가 정말 없다고 생각하는 건지, 아니면 망자가 있다는 사실을 인정할 수 없는 건지는 그들 스스로도 알지 못했다.

당호가 물었다.

“이번에도 무언가 증거가 있으니까 하는 말씀이겠죠?”

“그렇소.”

무명이 일행을 둘러보다가 제갈윤에게 시선을 고정하며 말했다.

“나는 제갈세가의 능력을 한 번도 의심해 본 적이 없소.”

“말은 고맙군. 근데 무슨 얘기를 하려는 거냐?”

“흑랑비서 부적의 효과가 갑자기 사라진 이유를 말하려는 것이오.”

무명의 말을 삐딱하게 듣던 제갈윤은 의외였는지 두 눈을 크게 떴다.

무명이 말을 이었다.

“수천 명의 병사도 우리 존재를 눈치채지 못했는데, 미궁에서 병사 하나가 갑자기 제갈윤을 알아차리고 덤벼들었소. 이상하지 않소?”

무명은 계속해서 장청을 비롯한 창천칠조 조원들에게 고개를 돌렸다.

"개방의 오의파 제자였던 구자개의 일을 기억하시오?"

"물론이오. 그걸 어떻게 잊겠소?"

"객잔에서 우리는 이강이 말해준 망자 피하는 방법 세 가지를 철저히 지켰소. 한데 어느 순간부터 망자가 우리를 공격하기 시작했소. 구자개가 다른 망자들에게 산 자의 기척을 알렸기 때문이오."

말수가 적은 정영이 떨리는 목소리로 물었다.

"우리 중에 있는 망자가 구자개처럼 병사들을 불렀다는 말이오?"

"그렇소."

무명의 대답은 단호했다.

"그게 아니면 흑랑비서 부적이 있는데 병사들이 우리를 발견했을 이유가 없소."

당호가 두 눈을 가늘게 뜨며 중얼거렸다.

"만약 우리 중에서 누군가가 망자가 되었다면 가장 가능성이 높은 사람은 한 명입니다. 바로……."

그가 천천히 검지를 들어서 누군가를 가리켰다.

"제갈공자, 당신입니다."

당호의 검지가 가리킨 자는 다름 아닌 제갈윤이었다.

"내가 망자라고? 무슨 헛소리냐?"

"저는 가장 가능성이 높다고 했지, 당신이 망자라고 하진 않았습니다. 단지……."

당호가 일행을 돌아보며 말을 이었다.

"아까 병사의 목에서 나온 혈선충이 제갈공자의 얼굴을 칭칭 휘어 감았습니다. 그때 혈선충에 감염되지 않았다는 증거는 어디에도 없죠."

당호는 말을 하면서 이미 품속에 손을 집어넣고 있었다.

제갈윤이 당황하며 소리쳤다.

"나는 아냐! 맹세컨대 나는 혈선충에 감염되지 않았다고!"

장청이 반문했다.

"망자가 아니라는 증거를 대보시오."

"증거? 그걸 내가 어떻게 아냐?"

"그럼 당신의 신병을 구속할 수밖에 없소."

"말도 안 돼! 네놈이 무슨 권리로 이러는 것이냐?"

"잠행조 조장의 권리요."

장청이 눈짓으로 신호를 보냈다. 그러자 송연화와 마지일이 슬며시 검 자루에 손을 갖다 대며 제갈윤의 뒤로 다가섰다.

"이 개같은 놈들이……."

제갈윤이 싸늘한 눈빛을 하며 품에서 두 개의 판관필을 꺼내 들었다.

"오냐, 좋다! 이 지옥 밑바닥에서 사생결단을 내자!"

그때였다. 무명이 제갈윤과 장청 사이를 막아서며 말하는 것이었다.

"잠깐 기다리시오."

"무명, 이번 일은 내게 맡기시오. 길 안내는 당신 일이나, 망자 처단은 내가 결정하겠소."

"아니. 제갈윤이 망자가 아닐 수도 있소."

"뭐라고?"

장청은 물론, 일행 모두 깜짝 놀라며 무명을 쳐다봤다.

무명이 당호를 돌아보며 말했다.

"제갈윤이 망자일 가능성이 가장 높다고 한 말은 아쉽게도 틀렸소."

"…왜입니까?"

"혈선충과 접촉한 자가 제갈윤 하나밖에 없다는 것은 사실이오. 하지만."

무명은 말을 멈추고 일행을 한 번 쭉 둘러봤다. 일행은 그가 또 무슨 말을 할지 궁금했지만 조금도 짐작이 가지 않았다.

이윽고 무명이 입을 열자 일행은 망연자실하고 말았다.

"만약 잠행을 시작하기 전부터 우리 중에 망자가 있었다면?"

"……!"

일행은 할 말을 잃고 침음했다.

그들 중 아무도 무명의 말에 반문하지 못했다. 기분 나쁜 웃음을 흘리면서도 정곡을 찌르는 말을 골라 하던 이강마저 팔짱을 낀 채 생각에 잠겼다.

그런데 무명이 누군가에게 물음을 던졌다.

"대명각에서 잠행 회동을 할 때 당신이 부맹주님에게 한 질문이 있소. 기억하오?"

무명이 말을 건넨 자는 뜻밖에도 소림승 진문이었다.

진문이 고개를 끄덕이며 대답했다.

"기억하고 있소. 우리 중에 망자가 있다고 생각하시는지 여쭤보았소."

이강이 끼어들며 말했다.

"내가 '아직은 망자가 없지만 나중은 모르지 않냐?'고 했었지."

"그때는 분명 그랬소."

무명의 목소리가 어느 때보다 더욱 싸늘하게 가라앉아 있었다.

"하지만 지금 생각해 보니 그 말은 틀렸소. '아직' 망자가 없는 게 아니라 '이미' 망자가 있었던 것이오."

"……."

일행은 다시 침음했다.

갑자기 남궁유가 깔깔깔 웃음을 터뜨렸다.

"하하하, 말도 안 돼! 망자가 부맹주님까지 속였다고? 그건 당신 생각이지!"

무명이 바로 반문했다.

"그때 부맹주님은 대답을 피하셨소. 또한 맹주님이 망자에 대한 정보를 최대한 숨기라고 명하셨다는 말씀을 했소. 왜인지 모르시오?"

"그건……."

"곤란하면 대신 말해 드리지. 무림맹의 인물 중 누가 망자인지 모르기 때문이오."

그 말에 남궁유도 웃음을 멈추고 입을 다물었다.

무명의 말이 옳았다. 일행은 부맹주 제갈성이 진문과 이강의 물음에 확답을 피하며 말을 돌리던 것을 기억하고 있었다.

무명이 차가운 목소리로 결론을 말했다.

"우리 중에 이미 망자가 있었소. 그자는 산 자인 척 연기하며 잠행조에 끼어들었소. 그리고 지금 신호를 보내서 병사들을 부르고 있소."

그리고 한마디 덧붙였다.

"망자들에게 들키지 않고 비밀리에 지하 감옥을 잠행하는 것은 실패했소."

"……."

무거운 침묵이 한빙석 방에 내려앉았다.

이제 제갈윤이 혈선충에 감염될 뻔한 것은 문제도 안 되었다. 바로 옆에 있는 사람이 망자일지도 모르니 말이다.

일행은 말없이 좌우로 눈을 굴리며 옆 사람을 힐끔거렸다.

그들이 머릿속에 떠올린 생각은 동일했다.

'네가 망자냐?'

일행이 침묵한 시간은 그리 길지 않았다. 하지만 그들에게는 억겁의 세월처럼 느껴졌다.

무명이 침묵을 깨고 말했다.

"망자가 더 이상 병사들을 부르지 못하게 해야 하오."

"그게 가능하면 제갈세가가 벌써 알아냈겠지."

제갈윤이 퉁명스럽게 중얼거렸다.

무명은 그의 말에 대꾸하지 않았다. 그런데 무슨 이유인지 이강에게 슬쩍 시선을 던진 뒤에 말을 이었다.

"실은 망자를 색출해 낼 방법이 있소."

"뭐라고? 그게 사실이오?"

"어떻게 말입니까?"

장청과 당호가 깜짝 놀라며 물었다. 다른 일행도 놀란 표정으로 무명을 봤다.

"망자가 동료들을 부를 때 신체의 일정 부위가 달라지는 것 같소."

일행은 어리둥절한 눈으로 서로를 돌아봤다.

송연화가 물었다.

"어디서 그런 얘기를 들었죠? 금시초문인데요?"

"들은 게 아니라 내가 직접 확인한 것이오."

무명이 당호를 보며 물었다.

"객잔에서 망자들이 우리를 공격할 때, 구자개에게서 이상한 점을 발견하지 못했소?"

"못 봤습니다. 그런 것까지 살필 겨를이 있으셨습니까?'

"나도 그때는 기분 탓인 줄로 알았소. 하지만 아니었소."

"역시 대단하시군요."

무명은 이번에는 송연화를 돌아봤다.

"청일을 죽인 망자도 신체 일정 부위가 바뀌었소."

"…그자의 얼굴을 못 봤다고 하지 않았나요?"

송연화는 무명이 태자와 영왕 중 누가 망자인지 안다고 생각하는 것 같았다.

무명이 고개를 저으며 대답했다.

"망자의 이목구비는 못 보고 단지 신체가 달라진다는 사실만 확인했을 뿐이오. 당시는 그냥 넘겨 버렸는데, 지금 와서 생각해 보니 구자개와 똑같았소."

"그랬군요."

송연화가 납득했는지 고개를 끄덕였다.

장청이 물었다.

"무당삼검 청일이 망자에게 죽은 게 사실이오?"

"그렇소."

"무당파는 황궁 암투에 휘말려서 독살당했다고 말하던데, 역시 소문이 사실이었군."

이강이 피식 웃으며 말했다.

"네놈들 명문정파가 가장 두려워하는 게 개죽음이니, 숨기려 하는 것도 당연하지."

다들 그 말에 양미간을 찡그리며 인상을 구겼다.

하지만 반박하며 나서는 자는 아무도 없었다.

무당삼검 청일은 강호의 십대고수로는 부족할지 모르나 스무 손가락에는 반드시 꼽히는 고수였다. 그런 그가 망자들에게 죽었다는 사실은 무당파뿐 아니라 명문정파인이라면 누구나 숨기고 싶은 일이었던 것이다.

당호가 청일에게 몰렸던 화제를 다시 되돌렸다.

"그래서 망자의 신체 부위 어디가 바뀐다는 겁니까?"

"그곳은 바로……."

무명은 잠깐 침음하며 일행을 돌아봤다. 혹시 망자가 놀란 표정을 짓는다면 절대 놓치지 않겠다는 눈빛이었다.

"목 뒷덜미에서 등으로 이어지는 척추 부분이 핏빛으로 붉게 물들었소."

"……!"

"구자개도, 청일을 죽인 망자도 다른 망자들을 부르는 순간 등줄기 부분이 옷 속에서 붉은빛을 비쳤소."

이강이 그답지 않게 진지한 얼굴로 고개를 끄덕였다.

"일리가 있군. 혈선충의 심맥이 있는 뒷덜미와 사람 몸의 모든 신경이 모이는 척추가 이어지는 곳이란 말이지?"

당호도 기억난다는 얼굴로 말했다.

"혈선충의 심맥, 즉 뇌와 척수가 연결되는 곳을 베면 망자도 죽는다고 하셨죠."

"그랬지."

"거기가 정확히 어디입니까? 말씀하기 어려우면 손으로라도 짚어주시죠?"

"실은 나도 잘 모른다."

"뭐라고요?"

"장님한테 너무 많은 것을 바라는 것 아니냐? 후후후."

이강이 자신의 두 눈을 가리키며 웃자, 당호도 할 말이 없는지 입을 다물었다.

송연화가 무명을 보며 물었다.

"망자는 동료를 부르거나 어떤 능력을 쓸 때 혈선충의 심맥과 척추가 연결된 곳이 붉어진다는 말이군요. 맞나요?"

"맞소."

"어이가 없군요. 고작 그런 것으로 망자를 색출해 낼 수 있다고 생각……."

그녀는 쓴웃음을 짓다가 문득 무슨 생각이 들었는지 말을 삼켰다.

"그렇소. 망자를 색출해 내는 방법은 간단하오."

무명이 말했다.

"우리 모두 옷을 벗으면 되오."

일행은 입을 헤 벌리고 멍청히 무명을 쳐다봤다.

만약 모르는 이가 보았다면 그들을 명문정파의 후기지수가 아니라 얼빠진 취객쯤으로 여길 법한 장면이었다.

무명의 말은 그만큼 어처구니없는 것이었다.

"모두 옷을 벗으면 누가 망자인지 알 수 있소."

누군가가 피식 웃음을 터뜨렸다.

웃음은 전파 속도가 빠르다. 곧 일행은 모두 헛웃음을 지으며 고개를 흔들었다.

장청이 웃음을 참으며 말했다.

"아무리 그래도 옷을 벗자니, 그게 말이 되오?"

그런데 무명이 날카로운 목소리로 대꾸하는 것이었다.

"천하태평하시군."

"뭐요?"

"잠행조가 몽땅 개죽음할 위기에 처했는데 조장이라는 자가 체면을 따지다니, 담대한 건지 태평한 건지 모르겠다는 소리요."

"말이 지나치시오."

제갈윤도 비웃으며 끼어들었다.

"망자는 등줄기가 붉게 변하니까 확인하기 위해 옷을 벗으라고? 강호출행한 이후 가장 황당한 소리로군. 흑랑비서의 어느 장에도 그런 말은 눈 씻고 찾을 수 없었다."

"좋소. 그럼 뭐 하나만 묻겠소."

"말해라."

제갈윤은 자신만만한 표정이었다. 하지만 무명이 말을 꺼내자 그의 얼굴은 금세 종잇장처럼 심하게 구겨졌다.

"나는 다른 망자를 조종하는 망자를 두 번 보았소. 구자개와 청일을 죽인 망자요. 당신은 망자를 몇 번이나 경험했소? 흑랑비서에 그리 도통한 자가 설마 아까 봉변을 겪었던 병사가 처음 본 망자인 것은 아니겠지?"

"……."

제갈윤은 굳은 표정으로 입을 열지 못했다.

일행은 무명의 말이 정곡을 찔렀다는 것을 깨달았다. 제갈윤은 탁상머리에서 흑랑비서를 연구했을 뿐, 강호에서 직접 망자를 대한 것은 오늘이 처음이었던 것이다.

제갈윤이 무명을 노려보며 물었다.

"만약 망자가 신호를 안 보내서 색출이 불가능하다면 어떡할 거냐? 그럼 옷을 벗는 것은 괜한 헛짓거리밖에 더 되냐?"

"하나만 알고 둘은 모르는 작자군."

이번에는 무명이 그를 비웃었다.

"망자가 정체가 탄로 날 것을 두려워해서 병사들을 부르지 않으면 그것으로 충분하지 않소? 그냥 잠행을 계속하면 되니 말이오."

"……!"

말문이 막힌 제갈윤은 더는 입을 열지 못했다.

당호가 중얼거렸다.

"말로는 정말 못 당하겠군요."

뜻밖에도 진문이 그 말에 대답했다.

"아니오. 말솜씨가 뛰어난 게 아니라 그가 하는 말이 구구절절 옳소."

일행은 진문의 말에 고개를 끄덕일 수밖에 없었다.

무명의 말이 옳았다. 숨어 있는 망자를 당장 색출해 내지 못하더라도 다른 망자들을 피할 수 있다면 그것으로 족하지 않은가? 일행 중의 망자는 잠행이 끝난 이후 언제라도 밝혀내어 처리하면 그만인 것이다.

어느새 분위기는 무명에게 넘어가고 있었다.

남궁유가 짜증을 부리며 말했다.

"말도 안 돼! 우리가 무슨 남만 사람도 아닌데 왜 옷을 벗고 다녀? 난 싫어! 못 해!"

이강이 킬킬거리며 끼어들었다.

"벗든 말든 네년 마음이긴 하지. 한데 그렇게 억지를 부리다간 다른 놈들이 네년을 망자라고 생각하지 않을까? 뭔가 켕기는 게 있어서 옷을 못 벗는다고 말이다, 후후후."

"켕기긴 뭐가 켕겨? 난 숨기는 거 없어!"

"그럼 뭐가 문젠데? 군말 말고 옷을 벗어라."

"진짜 미치겠네……."

이강의 말에 남궁유도 할 말이 없는지 입을 다물었다.

무명이 말했다.

"반대하는 자가 또 있소?"

"……"

"그럼 모두 웃옷을 벗으시오. 등줄기가 붉게 변하는 것을 똑똑히 볼 수 있어야 하니, 겉옷은 물론 속옷까지 몽땅 벗어야 하오."

그리고 한마디 덧붙였다.

"단 여인들이 가슴 가리개를 착용하는 것은 허락하겠소."

일행은 하나둘 주섬주섬 옷을 벗기 시작했다.

가장 먼저 옷을 벗은 자는 무명이었다.

무명은 겉옷인 관복을 벗은 다음, 연투갑과 속옷을 한꺼번에 벗어 들었다. 그는 근육이 많지 않았으나 군살 한 점 없이 제법 탄탄한 몸매를 하고 있었다. 평생 앉아서 글만 읽은 서생의 몸이 절대 아니었다.

반면 제갈윤의 몸은 깡마르고 희멀건 것이 누가 봐도 문사임을 알 수 있었다.

장청, 당호, 마지일의 몸은 서로 비슷했다. 적당하게 근육이 붙은 날렵한 몸. 수련을 게을리하지 않는 명문정파의 후기지수다운 몸매였다.

그런데 진문의 몸은 다른 남자들과 비교해도 어마어마했다.

진문이 왼쪽 어깨에 걸친 가사를 내린 다음 웃옷인 장삼을 벗었다. 소림승의 권위를 높여주는 법의를 모두 벗은 채 헐렁

한 바지 하나만 입은 꼴이 된 것이다.

하지만 일행은 반나체인 진문에게 압도되었다.

진문의 어깨는 좌우로 떡 벌어져서 제갈윤보다 족히 두 배 이상 넓었다. 가슴은 우락부락하게 튀어나왔으며, 배에는 깊게 왕(王) 자가 패어 있었다. 또한 두 팔의 알통은 여인의 머리보다 컸다.

평생에 걸친 고된 수련이 그의 몸에 생생히 흔적을 남기고 있었다.

당호가 기가 막히다는 듯 중얼거렸다.

“저 정도 몸이면 내공 수련을 안 했어도 외가무공만으로 고수의 반열에 오르겠군요.”

“네놈들 같은 멸치는 한주먹거리도 안 될 거다, 후후후.”

세 여인도 진문의 몸을 보고 깜짝 놀라며 침을 꿀꺽 삼켰다.

하지만 진문은 아무렇지도 않은 듯 장삼과 가사를 허리에 두르고 질끈 묶었다. 그리고 무명을 보며 물었다.

“이제 됐소?”

“충분하오.”

평소 담담하던 무명마저 진문의 뒷모습에 눈빛이 흔들렸다. 그의 등에 두 줄기의 근육이 불끈 솟아서 깊은 계곡을 만들고 있었던 것이다.

진문의 근육질 몸은 다른 남자들의 어깨를 움츠러들게

했다.

그런데 남자들은 금세 진문의 몸을 머릿속에서 지우고 다른 곳으로 시선을 옮겼다.

세 여인이 옷을 벗었기 때문이었다.

송연화가 천천히 끈을 풀고 겉옷을 벗은 다음 속옷까지 팔에서 빼냈다. 그녀의 상반신에 남은 거라곤 가슴 가리개 하나뿐이었다.

그녀의 살결은 티끌 하나 없는 우윳빛이었다. 목은 길고 가늘며, 어깨는 부드럽게 곡선을 그리고 있었다. 가슴은 말할 것도 없이 아름다웠다.

누군가가 침을 꿀꺽 삼키는 소리가 들렸다. 말 그대로 경국지색의 미모였다.

정영은 엷게 홍조를 띤 얼굴을 하고 옷을 벗었다.

그녀는 송연화와 달리 가슴이 크지 않고 단아한 몸매였다.

때문에 긴 머리를 질끈 묶어서 두건 속에 집어넣고 청포를 걸치면 사내라고 해도 무방할 것 같았다. 실제로 쓸데없는 일에 휘말리기 꺼리는 여자 고수는 남장을 하고 강호를 종횡하는 경우도 적지 않았다.

여인의 매력을 흠뻑 풍기는 송연화.

단아하면서 청수한 느낌의 정영.

남자들은 침을 꿀꺽 삼키며 두 여인의 몸에서 억지로 눈길을 뗐다.

그러나 사내들의 시선을 한 몸에 받은 자는 따로 있었다.

남궁유가 옷을 벗는 순간, 남자들은 물론 여인들까지 깜짝 놀라며 그녀를 쳐다봤다.

세 여인 중 얼굴이 가장 앳된 남궁유.

그런 그녀가 가슴은 셋 중에서 가장 풍만했던 것이다.

남궁유의 몸은 방년의 나이가 무색하게 관능적이고 또 육감적이었다. 그녀의 하얀 상반신에 가슴 가리개가 위태롭게 걸려 있었지만, 아무도 걱정하지 않았다. 절대 흘러내리지 않을 테니까.

남자들은 넋을 잃고 멍하니 그녀의 몸을 바라봤다. 특히 당호는 입가에서 침이 흘러내리는 것도 모르는 채 눈길을 떼지 못했다.

남궁유가 앙칼지게 눈을 흘기며 소리쳤다.

"다들 어딜 쳐다봐? 구경났어?"

"……."

남자들이 아차 싶어서 고개를 돌렸다. 남궁유가 얼굴을 찡그리며 중얼거렸다.

"하여간에 사내들이란."

남궁유는 화를 내며 눈썹을 찡그리는 모습까지 예뻤다. 하지만 한번 혼쭐이 난 남자들은 감히 그녀를 똑바로 쳐다보지 못하고 시선을 피했다.

그러나 이 남자만큼은 달랐다.

"내 단언하지. 강호 최고의 명문은 아미요, 최고의 세가는 남궁이다!"

"무슨 헛소리야?"

"강호의 숨은 은거기인이 오늘 세상에 선을 보였으니, 천하의 모든 여인은 그대에게 무릎을 꿇을 것이오! 하하하하!"

마지일이 호탕하게 웃으며 말했다.

"남궁소저, 잠행이 끝나고 나랑 술 한잔 어떠시오? 내 당신을 위해 천 송이의 모란꽃을 준비하리다!"

"입 닥쳐. 아니면 혀를 베어버린다."

남궁유의 목소리가 예사롭지 않았다.

마지일도 그녀의 표정이 흉흉하자 입을 다물었다. 하지만 그 뒤로도 여전히 그녀의 가슴을 힐끔거리며 훔쳐봤다.

그때였다. 누군가가 옷을 벗는 순간 일행은 눈을 크게 뜨며 흠칫 놀랐다.

바로 이강이었다.

이강은 속옷 없이 흑의 한 벌만 걸치고 있었다.

그런데 그의 맨몸은 두 눈으로 멀쩡히 쳐다보기 힘들 만큼 참혹했다. 이강의 양어깨에 위치한 비파골에 큼지막하게 구멍이 뚫려 있었던 것이다.

그는 제때 치료받지 못했는지 상처 주위의 살이 시커멓게 변해 있었다. 게다가 아직도 덜 아물었는지 군데군데 피딱지가 붙어 있었다.

당호가 말을 흐리며 중얼거렸다.

"비파골을 뚫고 쇠사슬을 꿰는 형벌은 대역죄인이나 받는 것인데……."

진문이 조용히 반장을 했다.

"아미타불."

정영이 그에게 다가가며 말했다.

"상처가 덧났소? 내게 금창약이 있소."

이강이 고개를 홱 돌렸다. 안구가 없어서 뻥 뚫린 두 구멍과 비파골에 뚫린 두 상처까지, 마치 네 개의 구멍이 그녀를 노려보는 것 같았다.

"그렇게 걱정되면 네년의 두 눈알을 파내서 내게 주지, 그래?"

"……."

"눈 병신에 팔 병신이지만 네년보다는 검을 잘 쓸 테니 염려 마라."

이강의 반응은 뜻밖에도 날카로웠다.

정영은 더는 권하지 않고 말없이 뒤로 물러났다.

분위기가 갑자기 냉랭해졌다. 당호가 얼어붙은 분위기를 녹이려는지 무명에게 물었다.

"연투갑까지 벗으셨습니까?"

"끈이나 단추가 없어서 옷 속에 겹쳐 입는 게 아니면 불편해서 벗었소."

"그렇군요."

제갈윤이 비아냥거리며 끼어들었다.

"강호에 떠도는 기병이랍시고 제대로 된 물건은 드물며 대부분 허명에 불과하지."

그때 이강이 피식 웃으며 그의 말에 반박했다.

"저건 원래 흑랑성의 기병이다."

"뭐라고?"

일행 모두가 깜짝 놀랐다. 당호가 물었다.

"연투갑이 사람이 쓰는 게 아니라 망자가 쓰는 거라고요?"

"그래. 망자 소굴인 흑랑성에서 나온 물건이니, 원래 망자가 입는 게 당연하지."

"증거라도 있습니까?"

"내 눈으로 직접 봤다. 아, 눈이 아직 있었을 때 얘기다. 그리고……."

이강이 슬쩍 진문을 돌아보며 말했다.

"서생 놈이 연투갑을 입을 때 목 위까지 올라오는 것을 봤겠지? 망자의 약점인 목둘레를 보호하기 위해 만들어진 거다."

"믿기 힘들군요."

"믿든 말든 네놈 자유지, 후후후."

제갈윤이 기분 나쁘다는 듯이 퉁명스럽게 말했다.

"알고 보니 재수 옴 붙은 물건이었군."

냉랭하던 분위기는 더욱 차갑게 얼어붙었다.

일행은 이강과 제갈윤이 소림사 금강고의 기병을 깎아내리는 말을 하자 진문이 어떤 반응을 보일지 몰라 눈치를 살폈다.

그런데 뜻밖에도 금강고의 기병을 두둔한 자는 진문이 아니라 무명이었다.

"나는 불가의 제자는 아니나, 색즉시공 공즉시색이란 말은 알고 있소. 연투갑이 망자의 목숨을 구한다면 천하의 요물일 것이나, 사람의 목숨을 구한다면 그 어떤 갑옷보다 소중할 것이오."

"아미타불. 옳은 말씀이오."

진문이 반장을 하며 화답했다.

둘의 대화를 들은 이강은 피식 웃음을 흘릴 뿐 더 이상 딴지를 걸지 않았다.

남궁유가 말했다.

"아유, 추워! 이러다 나 고뿔 걸리면 누가 책임질 건데?"

일행은 모두 그녀의 말에 동감했다.

안 그래도 서늘하던 한빙석 방. 그런데 웃옷을 벗는 바람에 한기가 살갗에 닿아 닭살이 돋고 오한이 느껴지기 시작했던 것이다.

무명이 말했다.

"이제 등줄기가 붉게 변하는 자가 나오면, 그자가 바로 망자요."

"다들 등 뒤 조심해라."

이강이 킬킬거리며 덧붙였다.

"등줄기가 붉어지는 순간 검날을 꽂아버릴 테니까, 후후후."

4장.

지하 도시의 비밀

웃통을 홀렁 벗은 탄탄한 근육질의 사내 일곱.

새하얀 살결을 드러낸 채 가슴 가리개만 한 여인 셋.

반나체의 강호인 열 명이 황궁 밑의 지하 감옥을 이동하고 있었다. 중원 천하 어디에서도 찾아볼 수 없는 기이한 광경이었다.

"이제 망자가 병사들을 함부로 부르지 못할 것이오."

무명이 말했다.

"하지만 정체가 탄로 나는 것을 신경 쓰지 않고 신호를 보낼지도 모르니 조심하시오.'

한빙석 공터를 나오자 다시 좁은 통로가 계속됐다.

그런데 일행이 일렬로 늘어서야 하자 문제가 생겼다.

서로가 각자의 등 뒤를 살펴야 하는데, 줄 맨 뒤에 서는 자의 등은 아무도 확인할 수 없지 않은가?

마지일이 뒤로 빠지며 말했다.

"내가 후미에 서겠다."

당호가 물었다.

"무슨 이유로요? 당신은 절대 망자가 아니라는 겁니까?"

"물론이지. 이 몸은 전진교의 도사로 우화등선하는 게 생의 목표이니 망자 따위가 될 리 없다. 게다가 검법도 가장 고강하니까 뒤에서 일행을 지키는 데 적격이지 않냐?"

마지일이 말한 이유는 황당하기만 했다.

그러나 그의 속셈은 더욱 어처구니가 없었다. 그는 맨 뒤에서 눈치 볼 필요 없이 여인들의 몸매를 감상하려는 수작이었던 것이다.

다들 그의 생각을 눈치채고 쓴웃음을 지을 때, 무명이 말했다.

"당신은 내 뒤에 서시오."

"뭐? 왜?"

"나 역시 망자가 아니라는 법은 없소. 만약 내가 망자인 게 들통나면 검법이 고강한 당신이 내 목을 베어야 하지 않겠소?"

마지일은 무명의 논리에 반박할 수 없었다. 하지만 끝까지 물고 늘어졌다.

"그럼 맨 뒤는 누가 서냐?"

무명이 막힘없이 대답했다.

"진문이 서시오. 소림사는 중원 무림의 태산북두이니, 진문에게 일행의 뒤를 맡기면 누구라도 안심이 될 것이오."

"……"

마지일은 말문이 막혀 버렸다.

세 여인도 고개를 끄덕이며 동의했다. 파락호 마지일보다 소림승 진문이 뒤에 있는 게 신경이 덜 쓰이는 것은 삼척동자가 봐도 알 수 있었다.

진문이 맨 뒤로 빠지며 말했다.

"알겠소. 일행의 뒤를 책임지겠소."

결국 마지일은 똥 씹은 얼굴로 무명의 뒤를 따라가야 했다.

일행이 통로를 이동한 지 어느새 차 한 잔 마실 시간이 지났다.

하지만 병사들은 한 번도 모습을 보이지 않았다.

당호가 말했다.

"말씀하신 게 맞았군요. 망자들이 우리 존재를 찾지 못하는 것 같습니다."

이강이 킬킬대며 대꾸했다.

"신호를 보냈다가는 등 뒤에 검이 꽂힐 테니 몸을 사리는 게 당연하지, 후후후."

일행은 망자들에게 추적당할 걱정이 사라지자 마음이 한결 놓였다.

반면 자신들 중 누군가가 망자일지 모른다는 사실은 여전히 그들의 마음속에 걸림돌인 채로 남아 있었다.

곧 비좁은 통로가 끝이 났다.

그런데 통로를 나온 일행은 깜짝 놀라고 말았다.

통로 밖에는 길게 뻗은 거리가 펼쳐져 있었다. 거리는 건물들이 바싹 붙은 채 늘어서 있으며, 양옆이 높은 담장으로 가로막혀 있었다. 천장 또한 눈을 가늘게 뜨고 살펴야 보일 정도로 까마득했다.

당호가 중얼거렸다.

"여기는 꼭 지상의 도시 같군요."

다들 그의 말에 동의했다.

먼저 수천 명의 병사가 사열해 있던 곳이 일개 광장이라면, 눈앞에 펼쳐진 거리는 수만 명이 살고 있는 도시라고 해도 무방했다.

지하 깊숙한 곳에 외따로 자리하고 있는 도시.

일행은 말을 꺼내지는 않았지만 똑같은 생각을 했다.

'대체 어떤 자가 이런 곳을 만들었을까?'

그들은 조심해서 거리를 걷기 시작했다.

좁고 어두운 통로를 이동하다가 탁 트인 길을 걷자 가슴이 뻥 뚫린 듯이 시원했다. 또한 돌바닥으로 된 길은 먼지 한 점 없이 깨끗했다. 곳곳에 기름불이 타고 있어서 시야도 어둡지 않았다.

어느새 일행은 방금까지 목숨이 걸린 위기를 몇 번씩 겪었던 사실을 조금씩 잊어먹기 시작했다.

일행이 한마디씩 말했다.

"이거야 잠행인지 놀러 온 건지 모르겠군."

"대인원이 참여한 것치고는 싱겁게 잠행이 끝날지도 모르겠군요."

"우리 중에 망자가 없었다면 제갈세가의 부적만으로 충분했을 것이오."

그들은 하나같이 긴장이 풀린 얼굴이었다.

하지만 무명의 생각은 달랐다.

'이상하군. 지하 감옥이 이런 곳이었던가?'

그가 기억을 잃은 채 깨어났던 지하 감옥은 방 한 칸마다 기이한 기관진식과 함정이 설치된 죽음의 장소였다. 지금 걷고 있는 길 역시 어떤 위험이 도사리고 있을지 알 수 없었다.

문득 무명의 뇌리에 스치는 생각이 있었다.

삼 장 높이로 솟아 있는 담장. 빽빽하게 들어차서 비좁은 골목을 만들고 있는 건물들.

순간 그는 거리의 정체를 알아차렸다.

'설마 이곳은…….'

그때였다.

골목 모퉁이에서 방천극을 든 여섯 명의 병사가 돌아 나왔다.

일행은 흠칫 놀라며 검 자루에 손을 가져갔다.

제갈윤이 피식 웃으면서 말했다.

"걱정 마시오. 우리 중의 망자가 신호를 보내지 않는 이상, 부적의 효과 때문에 저들은 산 자의 존재를 눈치채지 못할……."

그런데 굉음이 터지면서 제갈윤의 말을 막았다.

떠엉!

병사 하나가 방천극의 밑동을 돌바닥에 세게 내려치는 소리였다. 동시에 그가 검지로 일행을 가리키며 괴성을 질렀다.

"키에에엑!"

병사 여섯 명이 일제히 일행을 향해 방천극의 창날을 빙글 돌렸다.

무명이 소리쳤다.

"이강! 손을 쓰시오!"

그의 말이 끝나기도 전에 이강의 손에서 무언가 묵직한 뭉치가 발사됐다.

부웅!

어린아이 주먹만 한 쇠공이 허공을 가르며 병사를 향해 날아갔다. 진문이 이강에게 준 금강고의 기병, 금성추였다.

콰직! 쏜살처럼 날아간 금성추가 병사의 얼굴을 강타했다. 병사의 목이 충격을 이기지 못하고 뒤로 홱 넘어갔다. 그 바람에 병사는 괴성을 멈췄다.

그런데 이강은 끈을 잡아당겨서 금성추를 회수하지 않고 손목을 기이하게 비트는 것이었다.

빙글. 그의 손목이 공중에 여(呂) 자를 만들었다. 그러자 금성추가 허공에서 크게 원을 그리더니 병사의 머리 뒤쪽으로 넘어갔다.

그리고 금성추가 병사의 머리 뒤를 때리는 순간, 검날 발톱이 튀어나와 뒷덜미에 박혔다.

팍!

병사가 폭풍우 치는 날 벼락을 맞은 사람처럼 부르르 떨었다.

"꾸웨에엑……."

곧 병사의 몸이 통나무처럼 뒤로 넘어갔다.

콰당.

땅에 대자로 쓰러진 병사는 손발을 움직이기는커녕 옴짝달싹하지 않았다.

일행은 이강이 선보인 무위에 깜짝 놀랐다.

그가 금성추를 다루는 수법은 경악할 만했다. 하지만 정말 놀란 이유는 따로 있었다. 목은 물론 사지를 베어도 죽지 않고 움직이는 망자를 단 일 초식만으로 영원히 잠재웠다는 점이었다.

송연화가 말했다.

"망자를 일 초식으로 죽였군요!"

당호도 눈을 가늘게 뜨며 중얼거렸다.

"혈선충의 심맥이 위치하는 장소가 거기군요. 잘 알겠습니다."

이강은 말없이 '후후후' 하고 웃음을 흘릴 뿐이었다.

일행은 물론 조장인 장청마저 넋을 잃고 있을 때, 이강의 무위에 현혹되지 않고 현실을 직시한 자는 무명 혼자였다.

무명이 소리쳤다.

"모두 저들을 처치하시오! 빨리!"

"……!"

일행은 그제야 정신을 번쩍 차렸다.

병사들이 괴성을 질러서 다른 망자들을 부른다면 흑랑비서의 부적도, 웃옷을 벗어서 일행 중의 망자가 신호를 못 보내도록 한 것도 모두 헛수고라는 사실을 뒤늦게 깨달은 것이었다.

하지만 그들도 명문정파의 내로라하는 후기지수였다.

일단 정신을 차리자 그들은 비수처럼 병사들에게 신형을 날렸다.

타타타탓!

스릉!

장청, 송연화, 남궁유, 마지일이 허공에서 검을 뽑아 들었다.

병사들이 방천극을 높이 치켜든 뒤 아래로 내려찍었다. 그러나 창천칠조 네 명은 방천극의 도끼날을 옷자락도 스치지 못하도록 가볍게 피했다.

창천칠조가 병사들에게 일검을 출수했다.

스팟!

병사들 네 명의 목이 베어져서 공중에 떠올랐다.

창천칠조 중 가장 먼저 병사의 목을 벤 것은 남궁유였다.

그녀는 전광석화처럼 연검을 발검(拔劍)했다. 그리고 병사의 목이 날아가기도 전에 이미 몸을 돌리고 있었다.

"헹, 별거 아니네."

그러나 병사들의 몸은 움직임을 멈추지 않았다. 그들이 방천극을 빙글 돌리더니 장작을 패듯이 창천칠조의 몸통을 향해 휘둘렀다.

장청이 소리쳤다.

"한눈팔지 마라!"

하지만 남궁유는 여전히 등을 돌린 채 대꾸했다.

"누가 한눈을 팔았다고 그래?"

남궁유가 팔을 뻗더니 아무렇게나 검을 찔렀다.

그러나 마구 찌른 듯한 검은 반달 모양으로 둥글게 휘어지면서 병사에게 날아갔다.

피이잉!

한 줄기 검광이 병사의 몸에 번쩍거렸다. 순간 병사의 두 손이 방천극 자루를 쥐고 있는 채로 베어져서 공중에 떠올랐다.

그녀뿐 아니라 장청, 송연화, 마지일도 병사들의 몸을 상대해서 계속 검격을 날렸다. 하지만 병사들의 몸뚱이는 여전히 그들에게 덤벼들었다.

게다가 목과 두 손이 없다고 해도 무기가 전혀 없는 것은 아니었다.

잘린 목 단면에서 굵은 혈선충 촉수가 뿜어져 나와서 창천칠조를 덮쳤던 것이다.

쌔애애액!

창천칠조 네 명은 검을 휘두르며 촉수를 난도질했다.

촤촤촤!

오히려 목과 두 손을 벨 때가 더 쉬웠다. 혈선충에 잘못 접촉했다가는 망자가 될 위험이 있기 때문이었다.

남궁유가 입을 삐죽 내밀며 말했다.

"왜 안 죽어? 혈선충 심맥이란 데가 대체 어디야?"

이강이 킬킬대며 말했다.

"두 눈알이 멀쩡한데 장님보다 못한 놈들이군."

창천칠조는 몸뚱이만 남은 채 달려드는 병사들을 지긋지긋하다는 눈으로 쳐다봤다.

그런데 그들이 간과한 게 있었다.

이강과 창천칠조 네 명이 각자 한 명씩을 쓰러뜨렸으니, 병사 여섯 중에 아직 한 명이 아직 남아 있었다. 그는 창천칠조가 돌진해 올 때 방천극을 휘두르지 않았다. 때문에 네 명은 병사의 존재를 잊어먹고 있었다.

병사가 방천극을 휘두르는 대신 집어 든 것은 허리춤에 있던 뿔고둥이었다.

그가 기다란 뿔고둥을 입으로 가져갔다.

그제야 창천칠조 네 명은 실수했다는 것을 깨달았다.

송연화가 몸을 날리며 소리쳤다.

"막아!"

아무리 도시처럼 보여도 지금 있는 장소는 엄연히 지하였다.

공간이 막힌 지하에서 병사가 뿔고둥을 불어젖힌다? 엄청난 소리가 벽면에 반사되어 울려 퍼질 것이 뻔했다.

그리고 소리를 듣는 순간 지하의 망자들이 모두 이곳으로 달려올 것이다.

송연화의 신형이 검을 든 채 둥실 떠오르더니 화살처럼 병사에게 날아갔다.

쉬이이익!

공중에서 상대를 향해 전광석화처럼 몸을 날리는 경신법.

바로 곤륜파 운룡대팔식의 수법이었다.

그러나 송연화는 중간에서 다급히 도약을 멈춰야 했다. 병사들의 목에서 끝없이 촉수가 뻗어 나와서 그녀가 날아가는 경로를 막아버렸던 것이다.

좌라라라락!

"이런 망할!"

그녀의 아름다운 입술에서 욕설이 튀어나왔다.

그만큼 상황은 다급했다. 하지만 이미 엎질러진 물이었다.

병사가 볼을 크게 부풀린 다음 뿔고둥을 힘차게 불기 시작했다.

당호가 중얼거렸다.

"다 틀렸군요."

일행은 허망한 얼굴로 병사를 쳐다봤다.

그런데 뿔고둥 소리가 조금 이상했다.

뿌우… 후우우…….

뿔고둥에서 귀가 뻥 뚫리는 고음이 터지기는커녕 공기 빠지는 소리가 피식거리며 새어 나오는 것이 아닌가?

일행은 영문을 몰라서 시선을 돌리다가 무언가를 발견했다.

병사의 목에 은빛으로 반짝이는 선이 길게 이어져 있었다.

다시 보자, 길게 이어진 선은 날카로운 검날이었다. 그리고 검날의 끝에는 여인의 손치고는 지나치게 길고 깡마른 손이 검 자루를 쥐고 있었다.

당호가 침을 꿀꺽 삼키며 말했다.

"사일검법!"

병사의 목을 검으로 단번에 꿰뚫은 자는 점창파의 후기지수인 정영이었다.

병사가 뿔고둥을 입에 대고 숨을 불어넣었다.

그런데 모두가 늦었다고 생각할 때, 인영 하나가 병사를 향해 몸을 날렸다.

바로 창천칠조의 일원이자 점창파의 제자인 정영이었다.

정영이 진문에게 받은 척사검을 뽑았다.

스릉!

이어서 몸을 앞으로 던지며 오른발을 뻗어 바닥을 밟았다.

탓!

그리고 팔을 쭉 펴서 검을 찔렀다.

그 세 가지 움직임이 동시에 펼쳐졌다.

팟!

그녀의 왼쪽 다리를 시작으로 해서 몸통, 어깨, 오른팔, 그리고 척사검이 자로 잰 것처럼 일직선을 그렸다.

몸을 던져서 팔을 뻗어 단숨에 적을 찌른다. 일 장 길이의 창도 닿지 않을 만큼 멀리 떨어져 있는 적을 일검에 관통해 버리는 초식.

점창파의 비전절기인 사일검법(射日劍法)이었다.

정영의 몸은 마치 석 자가 넘게 늘어난 것처럼 보였다. 게다가 척사검은 보통 검보다 한 자 이상 기다란 기병이었다. 때문에 다른 네 명보다 뒤에 있던 그녀가 뿔고둥을 부는 병사를 처치할 수 있었던 것이다.

실은 창천칠조도 정영의 검법을 직접 본 적은 몇 차례 없었다.

정영이 가장 늦게 창천칠조에 합류했기 때문이었다. 정영에게 관심을 두고 있는 장청도 아직 그녀에 대해 많은 것을 알지 못했다.

그런데 지금 선보인 사일검법의 진면목은 할 말을 잃게 만드는 것이었다.

하지만 더욱 놀라운 사실이 남아 있었다.

이강이 툭 말을 내뱉었다.

"정확하게 심맥을 찔렀군."

"……!"

창천칠조는 그의 말에 경악을 금치 못했다.

다시 보자, 척사검은 병사의 턱과 목젖 사이를 찌르고 있었다.

이강이 보인 금성추 수법은 놀라웠으나, 어쨌든 병사의 목 뒤를 직접 타격한 것이었다.

그에 반해 정영은 목을 관통한 다음 그 뒤에 있을 혈선충 심맥까지 정확히 갈랐으니, 둘 중 누가 더 고난도의 수법을 펼쳤는지는 쉽게 대답할 수 있었다.

이강도 그 사실을 아는지 말했다.

“네년이 그나마 가장 낫군. 어차피 도토리 키 재기지만, 후후후.”

창천칠조 전원을 정영보다 한 수 아래로 두는 말.

그러나 이강의 말에 반박하고 나서는 자는 아무도 없었다. 평소라면 패악질을 부릴 마지일마저 인상을 구기며 입을 다물었다.

슥. 정영이 병사의 목에서 검을 뺐다.

병사는 뿔고둥을 입에 댄 자세로 꼼짝하지 않았다. 선 채로 즉사한 것이었다.

그리고 정영이 검집에 척사검을 꽂는 순간 마치 약속이라도 한 것처럼 병사는 스르르 바닥에 쓰러졌다.

남궁유가 자존심 상한 얼굴로 중얼거렸다.

“첫, 고철은 아니었네.”

진문이 정영에게 척사검을 건넬 때, 검이 지나치게 길다며 트집을 잡았던 남궁유. 그녀는 싫지만 척사검을 인정하는 눈치였다.

그러는 중에도 목 없는 병사들이 혈선충을 뿜으며 다가왔다.

창천칠조 네 명은 마구잡이로 검을 휘둘렀다. 그들의 손속에 분노가 담겨 있었다. 자신들이 이강과 정영에 못 미치자 질투심이 난 것이었다.

그들은 십여 번이 넘게 칼질을 한 끝에 간신히 병사들을 쓰러뜨릴 수 있었다.

마지일이 웃음을 터뜨렸다.

"혈선충의 심맥을 찾으라고? 필요 없다! 열 번 찍어 안 넘어가는 여자, 아니, 나무는 없는 법이니까, 하하하하!"

하지만 마지일 자신은 물론 장청, 송연화, 남궁유 모두 기분이 개운하지 않았다.

장청이 말했다.

"빨리 이곳을 뜨자."

바닥은 병사들의 잘린 목과 손발에다 혈선충까지 뒹굴고 있어서 수습이 불가능했다.

일행은 자리를 피해 건물 사이의 골목으로 들어갔다.

그러나 얼마 이동하지 못해서 재차 정찰을 도는 병사 여섯 명을 발견했다. 일행은 담벼락 뒤에 숨어서 그들이 지나가기를 기다렸다.

병사들이 가버리자 무명은 다시 앞장을 서려 했다.

그때 장청이 말을 걸었다.

"여기는 병사가 너무 많소. 다른 길로 가면 안 되오?"

당호도 거들었다.

"맞습니다. 병사의 숫자도 많고 게다가 너무 밝아요. 그들에게 먼저 발각되는 날에는 뿔고둥 소리를 막을 방법이 없습니다."

무명이 대답했다.

"시간이 너무 지체되었소. 이 도시를 통과하는 게 최선의 방법이오."

그리고 일행이 깜짝 놀랄 말을 덧붙였다.

"병사의 숫자가 많은 것이 당연하오. 아니, 병사가 아니라 금위군이라고 해야 맞소."

"금위군이라고요?"

"그렇소. 여기는 지하에 있는 또 다른 황궁이오."

"……!"

일행이 놀란 얼굴로 서로를 돌아봤다. 마지일이 비웃으며 말했다.

"지하에 황궁이 있다니, 금시초문을 넘어서 해괴한 망상이군, 하하하하!"

뜻밖에도 송연화가 무명의 말을 거들었다.

"아니. 그의 말이 맞아요."

"뭐라고? 같은 황궁 세작이라고 두둔하는 거냐?"

"주위를 보고 말하시지, 말코도사 나리."

그녀가 참았던 화를 터뜨렸다.

"담장은 삼 장 높이로 솟아 있어. 황궁 말고 어떤 대도시도 이렇게 담장이 높진 않아. 게다가 병사들이 든 창은 방천극이야. 금위군은 방천극을 들고 여섯 명이 한 조를 짜서 정찰을 돌아. 여기는 황궁이라고!"

마지일은 할 말이 없는지 입을 다물었다.

당호가 어깨를 으쓱하며 말했다.

"아무리 그래도 황궁은 아니죠. 황궁 비스무리한 곳이라고 하면 모를까."

무명이 대화를 정리했다.

"그 말이 맞소. 황궁은 아니지만, 황궁과 똑같은 곳이오. 아니, 망자들의 황궁이라고 해야 옳겠군."

이강이 킬킬거리며 말했다.

"어떤 미친놈이 지하에다 황궁을 만들어놓았을까?"

일행은 등줄기가 오싹했다. 이강의 말이 정곡을 찔렀던 것이다.

망자 금위군이 정찰을 도는 지하 황궁. 그게 사실이라면 수천 명의 망자 병사가 광장에 사열해 있던 것도 설명이 됐다. 군대가 황제의 명을 받들기 위해 대기하고 있는 것이다.

마지일이 분위기를 깨는 소리를 했다.

"저놈들이 금위군이라면 잘된 것 아냐? 황궁에 들어올 때 몸수색도 안 하던데, 여기 놈들도 똑같이 게을러터졌을 테니까! 하하하하!"

송연화가 눈썹을 찡그리며 말했다.

"망자는 이미 죽은 시체야. 본능에 따라 움직이는 그들이 기강이 해이해질 리 없어."

"흐음."

마지일은 어깨를 으쓱하면서 대답을 피했다.

무명이 말했다.

"이 도시가 망자비서로 가는 가장 빠른 길이오. 또한 한 가지 확인할 것이 있소."

"그게 무엇이오?"

"지하 감옥의 출입구요."

장청이 묻자, 무명이 대답했다.

"출입구는 모두 세 군데요. 그중 하나가 이곳에 있소."

책가도에서 출입구와 관련된 글자가 있는 서책은 모두 세 권이었다.

천공개물, 관윤자, 무문관.

그중 천공개물은 일행이 들어왔던 수복화원의 출입구였다. 관윤자는 서책이 꽂힌 위치로 볼 때 황궁 바깥으로 연결되는 것 같았다.

그리고 마지막 무문관은 황궁의 내원, 즉 불타 버린 정혜귀비의 처소를 가리키고 있었다.

"내 추측이 맞다면 이곳 어딘가에 황궁 내원과 연결되는 출입구가 있을 것이오."

"지금 굳이 그곳을 찾아야 하오? 이미 안전한 출입구가 있지 않소?"

"절대 그렇지 않소."

무명이 고개를 저으며 대답했다.

"만약 일이 잘못돼서 돌아갈 길이 막힌다면 어찌할 생각이오?"

"……."

"그때는 황궁 내원과 연결된 출입구로 탈출할 수밖에 없소. 지금 확인해 두는 게 상책이오."

장청은 더 이상 반문하지 못하고 입을 다물었다.

송연화가 말했다.

"내원은 지금 황궁에서 금위군 경비가 가장 삼엄한 곳이에요. 그곳으로 나가야 한다면 상당한 위험을 감수해야 할 거예요."

이강이 기분 나쁜 웃음을 흘리며 끼어들었다.

"금위군에 잡혀서 뇌옥에 들어가는 게 낫지. 아니면 여기서 망자가 되고 싶냐?"

일행은 이강의 말에 동의할 수밖에 없었다.

혈선충이 들끓는 몸을 한 채 구천지하를 떠도는 것보다는 형틀을 목에 차고 감옥에 갇히는 쪽이 훨씬 나았다. 후자는 적어도 목숨은 건지지 않는가?

"지금부터 잠행 진영을 다시 짜겠소."

무명이 일행을 둘러보며 말했다.

"정영, 당신은 나와 함께 선두에 서시오. 모퉁이에서 병사가 갑자기 튀어나올 경우, 그가 동료를 부르기 전에 처치해야 하오."

"알았소."

정영이 대답했다. 그녀는 창천칠조가 아닌 자는 아직 낯선지, 쉰 듯한 목소리로 차갑게 예의를 차리며 말했다.

"이강은 후미를 맡으시오. 뒤에서 병사가 우리를 발견하면 당신이 처치하시오."

"귀찮은 일은 내 몫이냐? 알았다, 후후후."

다음으로 무명은 당호, 제갈윤, 진문에게 말했다.

"셋은 일행의 중앙에서 일렬로 선 채 밖으로 나오지 말고 움직이시오."

"뭐라? 우리는 몸을 사리고 도망만 치라는 것이오?"

제갈윤이 따지자, 무명이 냉담한 얼굴로 대답했다.

"판관필로 망자의 혈선충 심맥을 단번에 꿰뚫을 수 있다면 당신이 선두에 서도 뭐라 하지 않겠소."

"……."

제갈윤의 판관필 수법은 신기에 가까웠다. 하지만 판관필로 점혈은 할 수 있어도 생살을 찢고 뼈를 가르는 것은 무리였다.

무명이 세 명을 일행의 중간에 서게 한 것은 그들이 검을 쓰지 않아서였던 것이다.

"무공의 고하가 걸린 문제가 아니오. 우리는 망자 소굴을 잠행하고 있소. 최대한 몸을 숨기고, 만약 발각되면 검을 써서 망자의 입을 막는 게 최상이오."

뒤늦게 무명의 의도를 알아차린 제갈윤은 더는 불만을 말하지 못하고 침음했다.

무명이 남아 있는 네 명에게 말했다.

"장청과 마지일은 왼쪽에서, 송연화와 남궁유는 오른쪽에서 일행을 호위하시오."

네 명은 서로를 한 번 돌아본 뒤에 고개를 끄덕였다.

무명이 새로 짠 진영은 흠잡을 데가 없었다.

망자 처치에 특화된 정영과 이강이 선두와 후미에서 정찰병을 제거한다.

검을 쓰지 않는 당호, 제갈윤, 진문은 중간에 선다.

창철칠조의 검사 네 명, 장청, 마지일, 송연화, 남궁유는 좌우에서 진영을 지킨다.

병사들에게 들키지 않고 잠행하는 것은 물론, 혹시 모를 위험까지 대비할 수 있는 최적의 진영이었다.

무명이 몸을 돌리며 앞장섰다.

"지금 진영으로 지하 황궁을 돌파하겠소."

정영이 무명의 옆을 따라가며 보조를 맞췄다. 일행은 자기 위치를 찾아 움직였다.

그런데 한 가지 문제가 있었다.

창천칠조와 잠행조의 조장은 장청이었다. 그런데 어느새 무명이 수장이 되어 명을 내리고 장청은 허수아비 신세가 되고 만 것이었다.

창천칠조가 그런 상황을 모를 리 없었다.

그들이 슬며시 장청의 눈치를 살폈다. 하지만 장청은 그들의 시선을 모르는지 아무 말 없이 걸어가 버렸다.

창천칠조는 어깨를 으쓱한 다음 발을 옮겼다.

후미에서 일행을 따라오던 이강이 무슨 생각을 했는지 씨익 웃고 있었다.

일행이 잠행을 재개한 지 밥 한 끼 먹을 시간이 지났다.

거리는 이제 지상의 황궁처럼 바뀌어 있었다.

건물의 틈새 골목은 사람 한 명이 간신히 다닐 수 있을 만큼 비좁았다. 길은 미로처럼 복잡하게 얽히고 구부러졌다. 그나마 건물이 없는 곳은 수풀이 우거진 화원이 나와서 일행의 눈을 어지럽게 했다.

모르는 이가 발을 들이면 길을 잃고 헤매는 천외비처.

이곳이 지하의 또 다른 황궁이라는 무명의 생각은 옳았던 것이다.

그것을 증명하듯이 금위군 말고도 환관과 궁녀 무리가 길을 빠르게 오가고 있었다. 간혹 비빈으로 여겨지는 망자들까지 보였다.

이강이 킬킬대며 말했다.

"과거 황제들이 죽고 순장한 놈들이 죄다 여기서 망자가 됐나 보군."

명문정파의 후기지수인 일행도 소름이 끼치는 말이었다.

순장(殉葬)은 황제가 죽었을 때 비빈, 시종, 궁녀 들을 함께 무덤에 묻는 제의를 말한다. 그들은 산 채로 황제의 곁에 묻혔다. 죽어서도 황제를 모시라는 뜻에서였다.

그런데 지금 눈앞에서 망자가 된 비빈 일행이 돌아다니고 있는 것이다.

일행은 이강의 말을 웃어넘길 수 없었다.

그때였다.

무명이 발을 멈추며 말했다.

"이곳이오."

일행의 앞에 팔 층으로 이루어진 거대한 전각이 천장 꼭대기까지 솟아올라 있었다.

지하 깊은 곳에 우뚝 서 있는 팔 층 전각.

전각은 고개를 높이 치켜들어도 끝을 볼 수 없을 만큼 웅장했다. 또한 놀랍게도 최상층인 팔 층은 지하 도시의 천장과 맞붙어 있는 것처럼 보였다.

일행은 조심해서 전각을 향해 이동했다.

전각에 가까워질수록 어디선가 기괴한 소리가 들렸다. 또한 지하 깊은 곳에 있음에도 불구하고 전각 주변은 먼지 한 점 없이 깨끗했다.

대문 앞에 도착하자 무명이 말했다.

"진문이 문을 열고 정영은 그 뒤에서 대기하시오."

이인 일조. 완력이 센 진문이 문을 열고 정영이 뒤에서 호위한다. 건물 잠입의 기본이었다.

진문이 대문 앞에 서서 두 손을 갖다 댔다.

나무를 통으로 짜서 만든 대문은 두텁고 거대해서 쉽게 움직일 것 같지 않았다. 그러나 진문이 힘을 쓰자 천천히 뒤로 젖혀지기 시작했다.

끼기기기긱.

금세 사람 한 명이 빠져나갈 틈이 생겼다.

일행은 진문과 정영을 선두로 해서 한 명씩 팔 층 전각으로 들어갔다.

뜻밖에도 전각의 내부는 기름불이 곳곳에 놓여 있어서 그리 어둡지 않았다.

당호가 말했다.

"지상에 있는 객잔에 왔다고 해도 믿겠군요. 물론 한밤중에 말입니다."

마지일이 그새를 참지 못하고 한마디 했다.

"이런 호사가 또 있을까? 객잔에서 옷 벗은 세 여인과 함께 있다니."

송연화가 냉담한 목소리로 물었다.

"그렇게 여인이 좋나요?"

"그렇고말고! 여인 품는 재미가 없다면 사내가 무슨 재미로 세상을 살겠냐? 하하하하!"

그는 웃음을 터뜨리다가 슬쩍 진문의 눈치를 살폈다. 옆에 소림승 진문이 있다는 것을 생각지 못하고 말을 꺼낸 게 신경이 쓰였던 것이다.

그때 송연화가 검지로 어딘가를 가리켰다.

"그 좋다는 여인이 저기도 있군요."

"뭐? 어디?"

고개를 돌리던 마지일이 식겁한 얼굴로 침을 삼켰다. 궁녀의 복장을 한 여인들이 복도 옆의 방에서 걸어 나왔던 것이다.

물론 궁녀들은 모두 망자였다.

일행은 재빨리 모퉁이 너머로 몸을 숨겼다.

궁녀들은 마지일의 웃음소리를 듣지 못했는지 이쪽으로 오지 않았다. 그들은 복도를 걸어서 어둠 속으로 들어가 사라져 버렸다.

제갈윤이 말했다.

"흑랑비서 부적의 효과가 다시 돌아왔나 보군."

하지만 무명은 고개를 저었다.

"아직 안심할 수 없소. 금위군은 우리의 존재를 알아차리지 않았소?"

"……."

"효과가 불분명한 이상, 부적을 맹신해서는 큰 코 다칠 것이오."

제갈윤은 쓴웃음을 지으며 입을 다물었다.

무명은 일행을 이끌고 위층으로 향하는 계단을 찾았다. 모퉁이를 돌자 복도가 나왔고, 계단은 복도의 끝에 있었다.

"올라갑시다."

일행은 무명과 정영을 선두로 해서 이 열 종대로 계단을 올라갔다. 진영이 잠시 흐트러졌지만, 계단에서는 양옆을 신경 쓸 필요 없이 앞뒤의 망자만 상대하면 되니까 상관없었다.

일행이 전각 이 층에 발을 디뎠다.

그런데 계단이 삼 층으로 이어지지 않고 끝나 있었다.

당호가 말했다.

"자객을 막기 위한 건물이군요."

명문정파나 유명세가에서는 건물을 지을 때 계단을 쭉 잇지 않고 층마다 흩어지게 설계하는 경우가 있었다. 건물에 침입한 자객이 쉽게 길을 찾을 수 없도록 하는 것이다.

일행은 무의식적으로 무명을 돌아봤다. 이제 아무도 장청의 명을 기다리지 않았다.

무명이 앞장서며 말했다.

"계단을 찾읍시다."

일행은 진영을 갖춘 채 복도를 이동했다.

전각은 복도가 복잡하게 얽혀 있으며 딸린 방도 수없이 많아서 미로를 방불케 했다. 또한 언제 어디서 망자가 튀어나올지 몰랐다.

일행의 이동속도는 자연히 느려질 수밖에 없었다.

곧 삼 층으로 오르는 계단을 찾았다.

무명이 계단을 올라가려고 할 때, 제갈윤이 불만을 표시하며 물었다.

"어디까지 올라갈 생각이오?"

"팔 층 꼭대기요."

"계속해서 계단을 찾아 헤매면서? 쓸데없는 시간 낭비군."

그런데 무명의 대답이 뜻밖이었다.

"지금부터는 헤맬 필요 없소."

"흥, 계단이 있는 위치라도 알아냈다는 건가?"

"그렇소."

제갈윤은 포함한 모두가 깜짝 놀라며 무명을 쳐다봤다. 당호가 물었다.

"다음 계단은 어디에 있습니까?"

"삼 층에 올라가서 오른쪽으로 방향을 틀면 복도 끝에 계단이 있을 것이오."

무명은 마치 이전에 한번 와본 장소를 다시 찾은 것처럼 대답했다.

일행은 반신반의 하며 무명이 말한 대로 이동했다. 그런데 삼 층에 올라서 오른쪽을 돌아보자 정말 사 층으로 향하는 계단이 보이는 것이 아닌가?

"대체 계단의 위치를 어떻게 아셨죠?"

질문을 한 자는 당호인데, 무명은 그가 아니라 제갈윤을 보며 말하는 것이었다.

"왜 계단이 여기 있는지 아직도 모르겠소?"

"……"

"이 전각의 계단은 낙서(落書)로 되어 있소."

"낙서? 우왕의 전설 말이냐?"

"그렇소."

무명이 고개를 끄덕이자, 제갈윤은 입을 딱 벌린 채 말을 잇지 못했다.

낙서의 전설은 다음과 같았다.

하나라 우왕 때 중원에 매년 큰 홍수가 있었다. 그런데 한 아이가 거북의 등껍질에 있는 신기한 그림을 따라서 제물을 바쳤더니 홍수가 멈추었다고 한다. 그 그림이 바로 낙서였다. 후대에 와서 낙서는 마방진이라는 이름으로도 불렸다.

"낙서는 사각형을 아홉 개의 칸으로 나눈 뒤 그 안에 일(一)부터 구(九)까지 숫자를 채운 것이오. 단 가로와 세로는 물론 대각선으로 이어지는 숫자 세 개를 합하면 항상 같은 값이 나와야 되오."

무명이 설명했다.

"전각의 대문을 일(一)로 볼 때 이 층으로 가는 계단이 이(二)가 있는 칸, 우측의 맨 위에 있었소. 이어서 삼 층으로 가는 계단은 삼(三)에 해당하는 좌측 중앙 칸에 위치했소. 즉 계단은 낙서의 숫자대로 배치되어 있소."

"사 층으로 가는 계단은 좌측 맨 위이니, 삼 층에서 오른쪽으로 도니까 보였던 것이군."

제갈윤이 그제야 원리를 깨달았는지 퉁명스럽게 말했다.

무명은 대단한 것도 아니라는 듯이 담담하게 고개를 끄덕였다.

"맞소."

그리고 몸을 돌려 계단으로 향하는 것이었다.

일행은 무명의 뒤를 따르며 생각했다.

'제갈윤의 패배다.'

다들 제갈윤의 두뇌가 총명하며 박학다식하다고 인정했다. 하지만 실전에 써먹지 못하는 지식은 헛된 망상이나 다름없는 것이었다. 일행의 눈에는 제갈세가의 후기지수라고 거들먹거리는 제갈윤보다 무명이 훨씬 지혜로워 보였다.

제갈윤은 입술을 꽉 깨문 채 일행의 뒤를 따라왔다.

전각 설계의 원리를 깨닫자 무명은 거침없이 일행을 이끌었다.

그들은 곧 전각의 팔 층에 도착했다.

그리고 복도 모퉁이를 돌자, 일행이 찾는 것이 눈앞에 있었다.

"계단입니다!"

당호가 감탄하며 소리쳤다. 무명이 고개를 끄덕이며 대답했다.

"이 계단이 지상으로 이어질 것이오."

복도 중간에 투박한 돌계단이 천장을 뚫고 어둠 속을 향해 치솟아 있었다.

무명의 추측은 정확했다. 무문관 서책이 꽂힌 자리에 지하 감옥의 또 다른 출입구가 있었다. 돌계단은 불타 버린 정혜귀비의 처소로 연결되어 있으리라.

당호가 말했다.

"이전 출입구로 나가려면 미궁에다 병사 수천 명이 있는 광장을 통과해야 되는데, 일이 틀어지면 그냥 이곳으로 나가야겠군요."

송연화도 맞장구를 쳤다.

"이 위는 황궁의 내원이라 위험하긴 마찬가지예요. 하지만 탈출 경로를 하나 더 확보해 둔 것은 확실히 잘한 일이군요."

일행은 다들 무명을 보며 수고했다는 시선으로 고개를 끄덕여 보였다.

반면 제갈윤은 웃음기가 사라진 얼굴로 침음했다.

본래 무명은 길 안내꾼에 불과했고, 기관진식 파훼나 잠행 후 탈출은 제갈윤이 책임져야 할 일이었다. 그런데 무명이 모든 면에서 두각을 드러내자 그는 졸지에 찬밥 신세가 된 것이었다.

제갈윤은 침통했지만, 아무도 그의 심사를 헤아려 주지 않았다. 목숨이 걸린 잠행에서 철부지 후기지수를 챙길 여유는 없으니까.

송연화가 말했다.

“춥군요. 그만 내려가죠.”

“팔 층은 벽과 바닥에 한빙석을 넣은 모양입니다.”

당호도 몸을 움츠리며 대꾸했다.

무명은 고개를 끄덕이고 일행에게 눈짓했다. 일행은 그가 말하지 않아도 알아서 자기 자리를 찾아 진영을 갖췄다.

황궁 지하에 잠행해서 탈출로를 확보했다. 이제 남은 일은 망자비서를 찾는 것뿐.

일행은 가벼운 발걸음으로 계단을 내려갔다.

하지만 무명은 다른 생각을 하고 있었다.

‘왜 팔 층만 한빙석 방으로 되어 있는 거지?’

보통 지하 감옥이나 미궁은 침입자를 막으려는 용도로 설계되게 마련이다. 때문에 보물과 무공비급을 훔치려고 잠행하는 자들은 함정 장치나 기관진식을 피하기 위해 설계자와 웅뇌 싸움을 벌여야 했다.

그런데 황궁 밑의 지하 감옥은 무명이 알고 있는 상식과 어긋났다.

곳곳에 설치된 한빙석 방이 그 증거였다. 침입자를 막기보다는 마치 망자의 움직임을 제어하기 위한 것처럼 보이지 않는가?

'망자가 밖으로 나가는 것을 막기 위한 장치인가?'

그렇다면 그 이유는 무엇일까? 또 누가 지하 감옥을 만든 것일까?

무명은 지하 감옥에 더 큰 비밀이 숨어 있다고 느꼈다.

그때였다.

계단을 내려가던 무명은 반사적으로 발을 멈췄다.

그가 주먹을 들어서 정지 신호를 보냈다. 일행은 영문을 모른 채 발을 멈췄다.

무명과 함께 선두에 선 정영이 속삭이며 물었다.

"왜 그러시오?"

무명은 말없이 검지로 계단 맞은편의 복도를 가리켰다.

정영이 조심해서 고개를 내밀었다. 순간 그녀는 흠칫 놀라며 몸을 뒤로 뺐다.

"……!"

언제 어디서 나왔는지 칠 층 복도에 망자들이 득시글거렸던 것이다.

망자들은 그 수가 십여 명을 넘었다. 게다가 몇 명이 어디론가 가버리면 방에서 더 많은 수의 망자들이 쏟아져 나왔다. 생전에 비빈이었던 망자는 물론, 궁녀와 환관도 모자라 호위를 하는 병사들까지 보였다.

안 그래도 비좁은 복도가 이리저리 오가는 망자들로 인산인해를 이루었다.

"이제 어떡하면 좋소?"

"……."

무명은 말없이 복도를 유심히 살피고 있었다.

정영은 그가 말문이 막혀서 대답을 하지 못하는 거라고 생각했다.

당호가 계단 위에서 물었다.

"왜 그러십니까?"

"쉿."

정영이 검지를 입에 갖다 대며 고개를 저었다.

일행은 말없이 서로를 쳐다봤다. 입을 여는 자는 아무도 없었지만, 그들은 망자가 길을 막았다는 사실을 알 수 있었다.

무명이 눈짓으로 후퇴를 명했다.

일행은 발소리가 나지 않게 뒤로 물러나서 팔 층으로 다시 올라갔다.

정영이 일행에게 말했다.

"망자들이 칠 층에 발 디딜 틈도 없이 몰려와 있어요."

그 말에 일행은 어깨를 축 늘어뜨리며 깊게 한숨을 쉬었다.

당호가 모두의 심정을 대변하며 말했다.

"다 틀렸군요. 미궁도 아니고 이 좁은 전각에서 망자들에게 포위되면 끝장입니다."

"그래도 무슨 방법이 있지 않을까요?"

송연화가 반문했지만, 당호는 고개를 저었다.

"무리입니다. 우리 중의 망자가 자신이 죽든 말든 대놓고 중간층에서 신호를 보내면요? 곧 병사들도 몰려올 테니 진퇴양난이 될 게 뻔해요."

"그 말이 맞군요."

그녀도 당호의 말에 수긍했다.

장청이 무명에게 물었다.

"이제 어쩔 셈이오? 설마 저 망자 소굴로 들어가자는 말은 안 하겠지?"

"……."

"그나마 탈출구를 찾아서 다행이군. 당호, 퇴각할 준비를 해라."

장청은 무명이 말이 없자 판단력을 잃었다고 생각했는지 자신이 명을 내렸다.

제갈윤이 무명을 비아냥거리기 시작했다.

"이럴 줄 알았지. 일개 길 안내꾼이 주제를 모르고 나대더니 일을 제대로 망치고 말았군."

장청이 말했다.

"무명도 당신처럼 무림맹에서 특별히 부른 자요. 무례한 말은 삼가시오."

하지만 제갈윤은 장청의 말을 듣기는커녕 오히려 그마저 비웃었다.

"하! 잠행조의 수장이 어디서 빌어먹던 서생 놈한테 명령권까지 빼앗긴 마당에 이제 와서 그를 두둔해? 당신은 수치심도 없는가?"

"이자가 정말……."

그때 줄곧 침음하고 있던 무명이 입을 열었다.

"명문정파의 체면 싸움은 잠행이 끝난 뒤에 하시오."

"뭐라고? 네놈이 정녕 죽고 싶은가 보구나!"

제갈윤이 판관필 두 자루를 꺼내 들며 소리쳤다.

그러나 무명의 목소리는 조금의 동요도 없이 차갑기만 했다.

"판관필은 망자랑 싸울 때나 쓰시오."

그가 말했다.

"전각을 나갈 계획을 세웠소."

일행은 깜짝 놀란 눈으로 무명을 쳐다봤다.

망자들이 득시글거리는 칠 층 복도. 그런데 무명이 전각을 나갈 계획을 세웠다고 하자 믿기지가 않았던 것이다.

제갈윤이 소리쳤다.

"전각을 나가자고? 터무니없는 소리!"

그가 무명에게 삿대질을 하며 말했다.

"천외비처를 잠행할 때는 도주할 시각을 결정하는 것도 중요하다. 일단 살아남아야 뒷일을 도모할 게 아니냐? 허세를 부리다가 개죽음하고 싶으면 혼자 가라!"

제갈윤의 호령은 위엄이 서려 있어서 만인의 병사를 지휘하는 제갈세가의 후예다웠다.

그가 장청에게 말했다.

"우리 힘만으로 망자비서를 찾는 것은 무리요. 나가서 무림맹의 대군을 이끌고 옵시다."

"먼저 맹주님의 의견을 묻는 것이……."

장청이 말을 흐리며 머뭇거렸다.

그때였다. 무명이 피식 웃으며 물었다.

"대군? 그런 인원이 지금 무림맹에 있기나 하오?"

"네놈이 명문정파를 능멸하는 것이냐? 제갈세가와 남궁세가에서 무림맹에 힘을 빌려주면 일천의 대군쯤이야……."

"허튼소리."

무명의 목소리는 어느새 웃음기가 사라지고 싸늘하게 식어 있었다.

"이 위는 황궁이오. 황궁에 일천 병사를 끌고 오겠다? 대역죄인으로 붙잡혀서 구족을 멸하는 벌을 받고 싶으시오?"

"……!"

제갈윤은 어안이 벙벙한 채 말을 삼켰다. 눈앞의 일만 생각하다 보니 지하 감옥의 위가 황궁이라는 사실을 깜빡 잊어먹었던 것이다.

무명이 차갑게 말했다.

"계단 위에는 황궁의 내원이 있소. 내원에 출입할 수 있는 자들은 천하에 넷뿐이오. 비빈, 환관, 궁녀, 그리고 황제."

이어서 그가 송연화에게 물었다.

"지금 내원을 지키는 금위군이 정예 중의 정예라고 하지 않았소?"

"맞아요. 내원 경비는 천라지망과 같아요."

"들었소? 쉽게 탈출할 방법 따위는 처음부터 없었소."

무명이 일행을 한 명씩 돌아보며 말했다.

"사지에 발을 들인 이상 망자비서를 반드시 찾아야 하오. 개죽음하지 않는 길은 그것뿐이오."

"……."

일행은 입을 다문 채 침음했다. 자신들의 임무를 길 안내꾼에 불과한 서생이 일깨워 주니 할 말이 궁해진 것이었다.

그때 이강이 끼어들며 말했다.

"금위군에게 잡히지 않고 황궁 내원을 나갈 방법이 하나 있지."

"그게 무어냐?"

제갈윤이 반기는 얼굴로 물었다.

그러나 강호제일악인을 믿은 게 그의 실수였다.

"양물을 자르고 환관이 되는 것이다. 네놈이 비빈이나 궁녀는 못 될 테고 역모를 꾸며 황제가 될 재목도 아니니 환관밖에 더 있겠냐? 후후후."

"……."

제갈윤은 분을 삼키며 이강을 노려봤다.

당호가 무명에게 물었다.

"포기는 금물이란 말씀은 잘 알겠습니다. 하지만 망자를 피할 방법이 있습니까?"

"물론이오."

무명이 눈짓으로 정영, 당호, 송연화를 부른 다음 계단을 내려갔다.

넷이 칠 층에 도착했을 때, 송연화가 품에서 손거울을 건넸다.

"이걸 쓰세요."

무명이 손거울의 각도를 조정하자 모퉁이 너머의 복도가 거울 안에 비쳤다.

복도에는 여전히 다수의 망자들이 이리저리 오가고 있었다. 오히려 아까보다 그 수가 더 많아진 듯했다.

무명이 말했다.

"잘 보시오."

귀비처럼 보이는 망자가 궁녀 둘과 함께 방으로 들어갔다.

그때 무명이 거울 속에 비친 복도의 끝을 가리켰다.

"병사 셋이 나올 것이오."

그러자 말이 끝나는 것과 동시에 세 명의 병사가 모퉁이에서 돌아 나오는 것이 아닌가?

계속해서 무명이 예언하듯이 말을 이었다.

"병사들이 계단을 내려가고 세 번째 방에서 환관 무리가 나올 것이오."

상황은 무명의 말대로 펼쳐졌다. 병사 세 명이 육 층으로 내려가자 곧 복도 옆의 방에서 환관 네 명이 나와서 복도를 걷기 시작했다.

당호가 작게 속삭였다.

"망자들 움직임에 일정한 규칙이 있군요."

"맞소. 이강이 망자에 대해 한 말을 기억하오?"

"네. 구자개 같은 자 말고 혼백이 없는 망자는 때가 되면 일어나 생전에 했던 일을 되풀이해서 반복한다고 했죠."

"전각을 돌아다니는 게 왜 생전과 관련이 있는지는 모르겠소. 하지만 저들은 일정한 시간에 따라 똑같은 곳을 오가고 있소."

"그걸 이용한다면 망자를 피해 전각을 나갈 수 있겠군요."

정영이 끼어들며 물었다.

"그럼 아까 복도를 살피던 게 망자들의 움직임을 읽고 있었던 것이오?"

"그렇소."

정영은 놀라서 입을 살짝 벌렸지만, 무명의 반응은 담담하기만 했다.

넷은 다시 계단을 올라가 팔 층으로 돌아갔다.

송연화가 일행에게 말했다.

"망자들을 피해 전각을 나갈 수 있어요. 단 무명의 명을 철저히 따라야 돼요."

일행이 각오한 얼굴로 고개를 끄덕였다.

제갈윤은 혼자서는 반대할 용기가 없는지 분을 참으며 고개를 숙였다.

그때 누군가가 말했다.

"무언가 이상하오."

의문을 제시한 자는 한동안 말이 없던 진문이었다.

"우리 중의 망자가 신호를 못 보내서 부적의 효과가 유지된다면, 전각의 망자들도 우리 존재를 눈치채지 못해야 되지 않소? 광장에 사열해 있던 병사들처럼 말이오."

진문의 말은 정곡을 찌르는 것이었다.

그런데 뜻밖의 인물이 해답을 제시했다.

"우리 중에 있는 놈이 아니라 다른 놈이 망자들을 조종하고 있다면?"

그는 바로 이강이었다.

이강의 목소리가 평소와 달리 장난기 없이 진지했다.

"흑랑성에서도 그랬었지. 어떤 망자는 다른 망자들과 시선을 공유할 수 있다."

"다른 망자의 눈으로 본다는 말이오?"

"그래. 지하 도시에 발을 들였을 때 금위군 여섯 명도 우리를 목격한 다음 덤벼들었다. 금위군의 시선으로 우리를 찾고 있었던 거지."

송연화가 수긍이 간다는 듯 말했다.

"부적 효과는 그대로인데 왜 금위군에게 들켰는지 알겠군요."

"명심해라. 놈들의 눈과 귀에 걸리는 날엔 끝장이다."

항상 킬킬대던 이강이 차가운 목소리로 말하자 일행은 전신에 소름이 돋았다.

무명이 앞장서며 말했다.

"그럼 전각을 내려가겠소."

일행은 천을 말아서 육안룡을 싸맨 다음 계단을 내려갔다. 전각은 기름불이 곳곳에 있어서 육안룡이 없어도 이동에 문제가 없었다.

칠 층에 도착하자 무명은 일단 걸음을 멈췄다. 그리고 송연화가 준 거울로 모퉁이 너머의 복도를 살폈다.

망자 십여 명이 복도를 이리저리 왕복하고 있었다.

그러던 어느 순간, 망자들이 모두 이쪽으로 등을 돌린 채 복도를 걸었다.

무명이 주먹을 펴서 손바닥을 앞으로 스윽 밀었다.

말은 하지 않았지만 그의 뜻은 분명했다.

'소리 없이 이동한다.'

일행은 발소리를 죽인 채 재빨리 모퉁이를 돌았다. 그리고 망자들의 뒤에 서서 복도를 걷기 시작했다.

사사사삭…….

열 명이 되는 대인원이 움직였지만, 복도는 바늘 떨어지는 소리도 들릴 만큼 적막했다.

봄이 돼서 눈이 녹는 소리도 지금보다 클 것 같았다.

일행이 복도를 절반쯤 이동했을 때였다.

무명이 주먹을 쥐어서 정지 신호를 보냈다.

동시에 손바닥을 펴서 옆으로 밀었다.

'숨는다.'

일행이 복도 모퉁이진 곳의 그림자 속으로 몸을 날렸다.

때마침 망자 몇 명이 몸을 돌려서 방으로 들어갔다.

만약 그대로 복도를 걷고 있었다면 망자들의 눈에 발각되었을 것이다.

하지만 무명이 정확한 시점에 신호했기 때문에 일행은 그들의 눈을 피할 수 있었다.

그런데 마지막 망자가 이상한 기분을 느꼈는지 방에 들어가다 말고 복도를 쳐다봤다.

…복도에는 쥐새끼 한 마리 보이지 않았다.

망자는 곧 고개를 돌리고 방으로 들어갔다.

'성공이다!'

일행은 크게 한숨을 쉬고 싶었지만 숨소리도 낼 수 없었다.

게다가 안심할 여유조차 없었다. 무명이 손바닥을 빠르게 세 번 밀었기 때문이다.

'당장 이동한다. 빨리!'

일행은 그림자 속에서 뛰쳐나와 복도를 달렸다. 모퉁이를 돌자 육 층으로 향하는 계단이 나왔다.

순간, 뒤쪽에서 방문이 열리며 망자들이 걸어 나왔다.

망자들이 무슨 소리를 들었는지 계단 쪽으로 일제히 고개를 돌렸다.

척!

하지만 일행의 모습은 칠 층에서 사라진 지 오래였다. 망자들은 고개를 제자리로 돌리며 원래 반복해서 다니던 길을 찾아 움직였다.

계단에 몸을 숨긴 일행은 회심의 미소를 지었다.

당호가 속삭이며 말했다.

"기가 막히는군요. 중원 천하에 이런 숨바꼭질은 또 없을 겁니다."

"귀신의 눈과 귀를 속이는 숨바꼭질이지, 후후후."

다른 자들도 이번만큼은 이강의 말에 동감했다.

"아직 멀었소. 이제 고작 육 층이오."

무명의 말에 모두가 침을 꿀꺽 삼키며 긴장했다.

그러나 그들의 가슴은 이유 모를 자신감으로 가득 차 있었다.

무명이 내리는 명령은 한마디로 정의됐다.

신속정확. 어느새 일행은 무명을 진정한 잠행조장으로 인정하고 있었다.

계속해서 무명은 일행을 이끌고 망자 소굴 한복판을 돌파했다.

하지만 앞길은 첩첩산중이었다.

어떤 때는 망자의 뒤를 따라 걷다가 재빨리 빈방에 숨었다.

그런데 방에서 나온 뒤에도 즉시 전진하는 게 아니라 거꾸로 후퇴해서 모퉁이 그림자로 들어가야 했다.

둘, 아니, 셋 이상 되는 망자 무리를 피하기 위해서 일행은 전진과 후퇴를 반복했다.

무명은 때로 망자의 고갯짓까지 계산해서 이동했다.

망자가 고개를 돌리고 있을 때 반대편 방에 숨는다.

그리고 고개를 이쪽으로 돌리는 순간 방에서 나와 망자의 등 뒤를 돌아가는 것이다.

일행은 가슴이 철렁 내려앉았다.

'망자가 제멋대로 고개를 돌리면 끝장이 아닌가?'

그러나 무명은 태연하게 수신호를 보내며 이동하는 것이었다.

마치 정원을 산책하는 사람처럼.

강호출행으로 산전수전 다 겪은 명문정파의 후기지수들도 무명의 강심장에 혀를 내둘렀다.

어쨌든 일행은 오 층까지 내려오는 데 성공했다.

오 층 계단은 다른 층과는 달리 건물의 한가운데에 위치했다.

즉 사 층으로 내려가려면 중앙에 있는 큰 방을 지나쳐야 하는 것이다.

그런데 거울로 방을 비쳐본 무명은 할 말을 잃고 말았다.

정영이 옆에서 물었다.

"왜 그러시오?"

"……."

무명은 말없이 거울을 가리켰다.

거울을 본 정영이 헉 하고 숨을 몰아쉬었다.

그녀가 잠시 거울 속 모습을 살피다가 말했다.

"여길 지나가는 건 불가능하겠소."

무명도 정영의 생각에 동의했지만 슬쩍 한번 떠보았다.

"왜 그리 단정하시오?"

그러자 정영은 거울에 비친 오 층의 망자들을 하나씩 검지로 가리키며 대답하는 것이었다.

"이들은 움직임이 겹쳐서 어느 한쪽 시선을 피해서 지나갈 수 없소. 또 저들은 방과 복도를 교대로 왕복하고 있소. 경비 동선이 구멍이 없는 것으로 보아……."

그녀는 망자들의 움직임을 설명하느라 정신이 없었다.

무명은 속으로 깜짝 놀라며 생각했다.

'대단한 집중력이군.'

정영은 망자들의 움직임을 정확히 읽고 있었다.
또한 집중력이 발군이라 사소한 움직임도 놓치지 않았다.
무명은 창천칠조 일원을 머릿속으로 하나씩 따져봤다.
검법은 물론 내공이 심후한 장청과 마지일.
독과 폭약 등 온갖 기물을 사용하는 창천칠조의 두뇌 당호.
자유자재로 연검을 다루는 남궁유.
그리고 검법과 신법이 창철칠조에서 가장 고수일 거라 추측되는 송연화.
반면 정영은 사일검법은 놀라웠지만 다른 재주가 없어 보였다.
또한 사일검법은 일대일 싸움에서는 위력을 발휘할지 모르나, 다수를 상대할수록 약점이 드러나는 무공이었다.
몸을 던져서 검을 찌르는 동작이 적의 후속 공격에 무방비로 노출되기 때문이다.
하지만 무명은 정영을 과소평가했다는 것을 깨달았다.
'저런 집중력과 눈썰미라면 일 대 다수의 싸움에서 오히려 더 강할지도 모르겠군.'
정영이 척사검에 손을 가져가며 말했다.
"시간을 지체하면 더 힘들어질 것이오. 싸웁시다."
그러나 무명은 고개를 저었다.
"망자들의 눈을 피할 곳이 있소."

"뭐라고? 어디 말이오?"

"저곳이오."

무명이 검지를 들어 어딘가를 가리켰다.

5장.

지옥의 입구

무명이 어딘가를 가리키며 말했다.

"저기로 가면 망자들의 눈을 피할 수 있소."

정영은 그의 검지를 따라 시선을 옮기다가 황당한 나머지 입을 딱 벌렸다.

"설마 대들보……?"

"그렇소."

무명이 가리킨 곳은 건물의 기둥과 기둥 사이를 잇는 대들보였다.

팔 층 전각은 나무로 지었기 때문에 기둥, 대들보, 서까래 등이 그대로 드러나 있었다. 대들보를 타고 이동한다면 중앙의 큰 방을 건너갈 수 있었다. 또한 천장이 높아서 망자가 고개를 일부러 치켜들지 않는 이상 들킬 위험도 없었다.

평면으로만 이동하다가 수직 위의 공간으로 행동 범위를 넓힌다.

별것 아닌 듯하지만 쉽게 떠올리기 힘든 생각이었다.

무명은 정영이 어떤 반응을 보일지 궁금했다.

그런데 그녀는 곧 수긍한 얼굴로 고개를 끄덕이는 것이었다.

"미처 보지 못했소. 좋은 생각이오."

"……."

정영이 흔쾌히 칭찬하자, 오히려 무명이 할 말이 없어졌다.

실은 그는 정영이 눈썹을 찌푸리며 난감해하지 않을까 추측했었다.

창천칠조는 재능과 실력이 충만한 명문정파의 후기지수이니 웬만한 싸움은 압도적으로 이겨왔을 것이다. 간혹 장문인이나 장로 같은 절정고수와 겨룰 일이 있어도 그것은 싸움이 아니라 한 수 배우고자 하는 비무였으리라.

즉 그들은 평생 진흙밭을 굴러본 적이 없는 것이다.

그런데 먼지가 잔뜩 쌓인 대들보를 건너자는 말에 찬성하다니? 그녀의 생각이 막히지 않고 열려 있다는 증거였다.

무명은 생각했다.

'상황 판단은 뛰어나다. 하지만 과감함을 넘어서 지나치게

무모한 것이 그녀의 단점이군.'

둘은 일단 뒤로 물러난 다음 일행에게 오 층 상황을 설명했다.

아니나 다를까, 창천칠조와 제갈윤은 기가 막히다는 얼굴로 무명을 쳐다봤다.

"대들보를 기어가자고? 지금 제정신이냐?"

"졸지에 양상군자 신세가 되겠군, 하하하하!"

제갈윤과 마지일이 불평을 터뜨렸다.

남궁유도 고개를 저으며 소리쳤다.

"다 벗었는데 먼지 구석을 기어가잔 말야? 난 안 가! 그냥 싸울래!"

"다 벗은 건 아니지. 가슴 가리개는 하지 않았냐? 후후후."

"뭐야?"

무명이 그들의 말을 잘랐다.

"당신들 기분 신경 써줄 여유는 없소. 따라오든 말든 마음대로 하시오."

그가 이강에게 명령했다.

"금성추를 써서 저곳을 묶으시오."

무명이 가리킨 곳은 방 천장을 가로지르는 대들보였다.

"분부대로 하지."

이강이 금성추를 꺼내 두어 번 돌리다가 던졌다. 휙! 어린아이 주먹만 한 금성추가 날아가서 대들 중간에 칭칭 감겼다.

무명은 진문에게 반대쪽 금성추를 잡고 있으라고 명했다. 진문이 금성추를 잡아당기자 축 늘어진 끈이 거문고의 현처럼 팽팽해졌다.

"올라가겠소."

무명이 줄을 잡고 두 발을 걸쳐서 매달렸다. 그리고 대들보를 향해 올라갔다.

그는 서생답지 않게 제법 능숙하게 줄을 탔다. 곧 그는 줄을 놓고 대들보 위로 옮겨 가는 데 성공했다.

창천칠조가 주저하고 있을 때, 두 번째로 줄을 탄 사람은 다름 아닌 정영이었다.

정영은 무명처럼 사지를 써서 줄에 매달리지 않았다.

그녀는 팽팽한 줄을 밟은 뒤 그 반탄력으로 위로 뛰어올랐다.

탓! 휙!

이어서 징검다리를 건너는 것처럼 줄을 두 번 더 밟고 날아오르더니 두 손으로 대들보를 잡고 사뿐히 올라탔다.

정영이 앞장서서 무명을 따라가자, 창천칠조도 더는 반대할 수 없었다.

장청과 당호가 한마디씩 주고받았다.

"망자가 득시글하니 대들보로 이동하는 수밖에 없겠군."

"다른 대안이 떠오르지 않는군요."

그런데 마지일이 키득거리며 비아냥댔다.

"군자가 대들보 위에 오르니, 그야말로 양상군자가 따로 없겠군."

"닥쳐라, 마지일!"

장청의 얼굴빛이 확 달라졌다.

평소 창천칠조는 융통성이 없고 규칙에 얽매이는 장청을 군자라고 불렀다. 특히 '도덕 선생'은 그의 별호나 마찬가지였다.

그런데 마지일이 그를 두고 '대들보 위를 기는 도둑'을 뜻하는 양상군자(梁上君子)라고 놀리니, 감정을 드러내지 않는 장청도 분노했던 것이다.

창천칠조가 하나씩 몸을 날려서 줄을 타기 시작했다.

일단 대들보를 타기로 마음먹자 그들은 제각각 경신법을 자랑하듯이 몸을 날렸다.

휘익! 부웅!

남궁유, 마지일, 당호, 장청, 제갈윤이 차례로 도약했다. 그들은 정영처럼 줄을 밟은 뒤 반탄력을 써서 뛰었다. 그리고 대들보를 잡고 기어올랐다.

특히 송연화는 딱 한 번만 줄을 디디면서 가볍게 대들보 위로 뛰어올랐다.

당호가 중얼거렸다.

"곤륜파의 운룡대팔식은 과연 명불허전이군요."

그런데 그녀보다 더욱 뛰어난 경신법의 소유자가 있었다.

이강이 진문에게 손을 내밀며 말했다.

"먼저 올라가라."

진문이 금성추를 이강에게 건넸다. 이강이 줄을 팽팽히 당기자, 진문이 몸을 날렸다. 그는 화려한 경신법을 선보이지는 않고 무명처럼 줄에 매달려서 대들보에 올라왔다.

마지막으로 이강이 남았다.

이제 아래에서 줄을 잡아줄 사람이 남아 있지 않았다. 일행은 이강이 어떻게 대들보에 올라올지 궁금했다.

이강이 바닥을 차며 위로 뛰어올랐다.

타앗!

그가 공중에 붕 떠오른 순간 갑자기 허공을 발로 찼다. 그러자 그의 신형이 대들보 쪽으로 방향을 바꾸어서 날아오는 것이 아닌가?

마치 허공답보를 연상케 하는 경신법.

이강이 깃털처럼 가볍게 대들보 위에 착지한 다음 말했다.

"두 눈이 없으니 방향감각이 영 엉망이군, 후후후."

"……."

일행은 할 말을 잃고 침음했다.

무명이 말했다.

"이동하시오."

일행은 한 명씩 대들보 위를 기어가기 시작했다.

지상의 건물이라면 쉽게 볼 수 있을 거미줄이나 쥐똥은 없었다. 망자 소굴은 짐승마저 찾지 않는 장소인 것 같았다.

대신 일행이 지나가자 오랜 시간 수북하게 쌓여 있던 먼지가 확 피어올랐다.

하지만 아무도 불평하지 못했다.

그들의 바로 밑에 망자들이 돌아다니고 있었기 때문이다.

오 층 방은 귀비가 묵는 곳인지 곳곳에 시중드는 환관과 궁녀는 물론 병사들까지 있었다. 또한 방 한쪽에는 휘장이 쳐진 커다란 침상이 보였다.

그런데 침상을 둘러싼 모습이 어딘가 이상했다.

휘장 안에서 무슨 일이 있는지 침상이 좌우로 들썩거리는 것이었다.

곧 휘장이 살짝 걷히더니 병사가 나왔다. 그는 실오라기 하나 걸치지 않은 알몸이었다. 그런데 이어서 다른 병사 하나가 옷을 벗더니 침상으로 들어가는 것이 아닌가?

일행은 침상에서 무슨 일이 벌어지는지 깨달았다.

당호가 기가 막힌지 말했다.

"망자들도 운우지정을 나누는군요."

"운우지정? 그게 뭔데?"

"남녀가 정을 통하는 일 말입니다."

당호가 설명했지만, 남궁유는 이해가 될 듯 안 될 듯한지 고개를 갸웃거렸다. 몸매가 가장 육감적인 그녀가 운우지정을 모르자, 일행은 어이가 없어서 쓴웃음을 지었다.

이강이 킬킬거리며 말했다.

"비빈이 병사들과 집단 방사를 즐기다니, 황상이 알면 능지처참할 죄로군."

일행은 그제야 아연실색했다.

이강의 말이 옳았다. 대들보 아래의 광경은 누가 봐도 인륜을 저버린 행위였다. 그런데 그 당사자가 황제의 비빈이라니? 만약 망자가 아니라 실제 상황이었다면 엄청난 피바람을 몰고 올 사건이었다.

일행은 침상을 뒤로하고 대들보 위를 이동했다.

다행히 대들보는 튼튼해서 일행의 몸을 지탱하고도 끄떡없었다. 또한 망자들도 기척을 전혀 못 느끼는지 고개를 들어 천장을 보지 않았다.

그때였다. 대들보가 중간에서 끊어져 있었다.

대들보는 기둥과 기둥 사이에 끼우는 버팀목이다. 때문에 전각을 받치는 기둥이 나오자 지금까지 기어온 대들보가 끝이 났던 것이다.

아직 오 층 계단까지는 한참 더 가야 했다.

무명은 결정을 내렸다.

"기둥을 돌아서 앞에 있는 대들보로 건너갑시다."

그는 두 손으로 대들보를 잡고 매달렸다. 이어서 기둥에 발을 걸친 다음 대들보에서 손을 뗐다. 그리고 기둥에 매달린 채 조금씩 몸을 이동했다.

기둥은 두 팔로 안아도 손이 닿지 않을 만큼 지름이 컸다.

무명의 움직임은 굼벵이보다 느릴 수밖에 없었다.

어느새 손에서 진땀이 흘러내렸다.

무명은 천신만고 끝에 건너편의 대들보까지 이동하는 데 성공했다. 그가 손을 뻗어 대들보를 붙잡고 매달렸다.

순간 땀에 범벅이 된 손이 대들보에서 미끄러지고 말았다.

"……!"

무명이 사지를 대(大) 자로 펼치며 떨어졌다.

그때 누군가가 몸을 날려서 한 손으로 무명의 가슴을 안았다. 탁!

전광석화 같은 경신법의 주인은 바로 송연화였다.

그러나 송연화의 운룡대팔식도 허공에서 남녀 두 명의 몸무게를 버텨내고 거꾸로 날아오를 수는 없었다.

송연화가 무명을 잡지 않은 다른 손을 위로 뻗었다.

턱! 진문이 그녀의 손을 잡았다.

무명과 송연화가 공중에 대롱대롱 매달렸다.

무명은 그녀를 꽉 껴안았다. 그리고 두 발을 최대한 몸에 붙이며 끌어당겼다. 바로 밑에서 망자들이 지나다니고 있었다. 자칫 발에서 힘을 뺐다가는 망자의 머리를 걷어찰지도 몰랐다.

그런데 그 위험천만한 순간에도 무명은 얼굴이 확 달아오르는 것을 느꼈다.

얼굴은 경국지색이며 몸매 또한 남궁유에 뒤지지 않는 송연화.

얼떨결에 그녀를 품에 안게 되자 무명의 몸이 뜨겁게 불타올랐던 것이다.

'……!'

그는 자기도 모르게 침을 꿀꺽 삼켰다.

그녀의 붉은 입술이 코앞에 있었다. 그녀의 땀 냄새와 분 냄새, 그리고 살냄새가 뒤섞여서 무명의 기분을 야릇하게 만들었다.

무명은 무심코 생각했다. 이 순간이 영원히 지속된다면…….

그가 어이없는 망상을 하고 있을 때였다.

"흐읍!"

진문이 호흡을 내쉬며 힘을 썼다. 그의 팔근육이 여인의 몸통만큼 부풀어 올랐다.

무명과 송연화가 위로 부웅 올라갔다. 진문은 단 한 손만으로 남녀 두 명을 반 장 가까이 끌어 올린 것이었다.

하지만 문제가 생겼다.

진문, 송연화, 무명의 몸무게가 한 곳에 실리자 대들보가 비틀리며 소리를 냈던 것이다.

끼이이이익…….

발밑의 망자들이 소리를 듣고 고개를 위로 들었다.

순간 이강이 무언가를 집어 던졌다.

쉬익!

그가 던진 것은 다름 아닌 산 자의 냄새가 나는 부적이었다.

종잇장에 불과한 부적이 마치 비수처럼 망자들 머리 위를 지나쳐서 방문 밖으로 날아갔다. 부적에 실린 이강의 내력이 얼마나 심후한지 짐작도 할 수 없었다.

그 바람에 망자들은 방향을 바꿔서 방문 쪽으로 고개를 돌렸다.

송연화가 기회를 놓치지 않고 몸을 날렸다.

휙! 그녀는 진문의 손을 놓으면서 동시에 반대편 대들보를 붙잡았다.

그녀의 다섯 손가락이 단단한 대들보 나무에 깊숙이 구멍을 뚫고 박혔다. 푹! 내공이 실린 지법(指法)이 아니면 절대 불가능한 장면이었다.

"빨리!"

송연화가 다급히 속삭이며 무명을 끌어 올렸다.

무명은 그녀 덕분에 간신히 대들보 위로 몸을 올릴 수 있었다.

송연화의 신법과 진문의 괴력.

그리고 이강의 성동격서 임기응변.

셋 중 하나만 없었어도 무명은 망자들이 득시글거리는 한복판에 떨어졌으리라.

무명은 셋에게 감사의 뜻으로 고개를 끄덕였다. 다른 자들 역시 세 명의 활약에 입을 다물지 못했다.

일행은 한 명씩 기둥을 넘어서 반대편으로 왔다. 무명이 진땀을 흘리다가 떨어졌던 곳을 다른 자들은 놀이를 하듯이 가볍게 건너뛰었다.

계속해서 일행은 대들보의 끝까지 기어갔다. 그리고 망자들의 눈을 피해 밑으로 내려간 다음 재빨리 계단으로 몸을 숨겼다.

그런데 일행이 잠시 숨을 돌리려고 할 때였다.

무명이 말했다.

"정영, 선두에 서시오."

그의 얼굴은 땀으로 범벅이었지만, 표정은 무슨 일이 있었냐고 묻는 것처럼 태연했다.

"시간 없소. 쉬려면 전각을 탈출한 다음 쉬시오."

그리고 몸을 돌려서 앞장을 서는 것이었다.

천신만고 끝에 오 층을 통과한 일행.

그런데 일행이 잠시 숨을 돌리려고 할 때 무명은 이미 잠행을 재개하고 있는 것이었다.

"다들 서두르시오."

일행은 어이가 없었다. 동시에 한 가지 사실만은 인정할 수밖에 없었다.

'저자는 무공은 몰라도 담력 하나는 강심장이다.'

일행은 무명과 정영을 선두로 해서 진영을 갖췄다. 그리고 지금까지 전각을 내려온 것처럼 망자들의 시선을 피해 이동했다.

오 층 아래는 크게 어려운 곳이 없었다.

일행은 전각을 한 층, 한 층 발 빠르게 내려갔다.

오 층 아래도 망자들이 득시글거리고 있는 건 똑같았다. 그러나 위기를 몇 번씩 거듭하는 와중에 일행의 손발이 어느새 척척 맞아 들어갔던 것이다.

이윽고 그들은 일 층에 도착했다.

그리고 망자들의 눈을 피해 전각을 빠져나오는 데 성공했다.

당호가 말했다.

"해냈습니다!"

일행은 서로를 쳐다보며 수고했다는 뜻으로 미소를 나눴다. 장청과 제갈윤도 이때만큼은 기쁜지 안도의 한숨을 쉬었다.

하지만 단 한 명, 얼굴에 웃음기가 없는 자가 있었다.

바로 무명이었다.

그의 머릿속은 의문으로 복잡했다.

'이곳은 단순한 지하 감옥이 아닌 것인가?'

처음 정신을 잃고 깨어났을 때는 황궁 밑에 비밀스러운 지하 감옥이 있다고만 생각했다. 그러나 지하 감옥은 거대한 지하 도시의 일부에 불과했다.

또한 지하 도시는 또 다른 황궁이나 마찬가지였다.

비빈, 궁녀, 환관들이 몰려 있는 팔 층 전각은 황궁의 내원과 똑같았다. 즉 망자들을 위한 지하의 황궁인 것이었다.

그렇다면 한 가지 의문이 생겼다.

'황제는 어디에 있을까?'

무명은 짐작되는 생각이 있었다. 태자와 영왕 중에서 망자인 자가 세상을 망자판으로 만든 뒤에 이곳을 황궁으로 삼으려는 계획이 아닐까?

둘 중 누가 망자들의 황제일까?

추리는 가능했지만, 정답은 알 수 없었다.

무명은 고개를 저으며 잡념을 떨쳤다. 그리고 일행에게 말했다.

"이동합시다."

당호가 한숨을 쉬며 말했다.

"망자 소굴을 빠져나왔는데 잠깐 숨을 돌려도 좋지 않습니까?"

모두 당호의 의견에 동감하는 얼굴이었다.

하지만 무명의 대답은 들떠 있던 일행의 기분을 가라앉게 만들었다.

"망자비서까지 가는 데 두 시진이 걸릴 거라 예상했소. 하지만 벌써 두 시진이 지났소. 우리는 이미 지각한 셈이오."

"전각을 탈출하면 좀 쉬자고 하셨잖아요?"

"그때는 그때고 지금은 지금이오."

무명은 냉담하게 말하더니 몸을 돌려서 앞장을 섰다.

일행은 고개를 절레절레 저으면서 그의 뒤를 따라 이동하기 시작했다.

당호가 어이가 없는 듯 중얼거렸다.

"뭐 저런 사람이 다 있죠? 꼭 걸어 다니는 기관진식처럼 차가운 분이군요."

그런데 이강이 뜻 모를 대꾸를 하는 것이었다.

"차가운 기관진식? 여색에 흔들리는 기관진식도 다 있냐?"

"그게 무슨 말씀입니까?"

"몰라도 된다, 후후후."

이강은 혼자 킬킬거리면서 어둠 속으로 들어가 버렸다. 당호는 어깨를 으쓱한 다음 발을 옮겼다.

일행은 다시 지하 도시의 거리를 이동했다.

골목은 여전히 미로처럼 복잡했다. 또한 길 중간에 시도 때도 없이 나오는 화원은 일행이 어디를 가고 있는지 알 수 없게 만들었다.

하지만 무명은 거침없이 걸음을 옮겼다.

곧 지하 도시가 끝나고 어두운 통로의 입구가 나타났다.

일행은 양어깨를 축 늘어뜨렸다.

망자들이 득시글거리던 지하 도시가 끝난 것은 반가운 일이었다. 그러나 다시 비좁은 미궁을 잠행해야 된다고 생각하니 기운이 빠졌던 것이다.

무명이 일행을 격려하듯 말했다.

"얼마 안 가면 망자비서가 있는 곳이오. 모두 힘내시오."

그가 통로로 들어가자, 당호가 중얼거렸다.

"별로 힘은 안 나지만, 명령은 따라야겠죠."

일행은 무명이 짠 진영을 갖추면서 미궁 속으로 들어갔다.

뜻밖에도 통로는 일직선으로 쭉 뻗어 있을 뿐 중간에 갈림길이 한 번도 나오지 않았다. 일행은 편한 마음으로 통로를 걸었다.

"여기는 미궁이 아니라 그냥 통로군요."

"언제 기관진식이 나올지 모르니 긴장해라, 후후후."

이강이 기분 나쁘게 말했지만, 기관진식이나 함정은커녕 길은 평탄하기만 했다.

어느덧 차 한 잔 마실 시간이 흘렀다.

갑자기 통로가 끝났다. 그리고 정체 모를 방 하나가 연결되어 있었다.

일행은 방에 들어섰다. 방은 그리 넓지 않았지만 일행 열 명이 서 있을 만한 공간은 충분했다.

그런데 방의 모습이 괴이했다.

방은 신발을 벗고 올라갈 수 있도록 한가운데 넓게 장판이 깔려 있었다.

괴이한 것은 장판 위의 광경이었다. 장판에는 붓과 벼루가 오열을 맞춰서 가지런히 놓여 있는 게 아닌가? 게다가 풍화되어 사라졌지만 붓과 벼루 옆에는 글씨를 쓸 수 있게 종잇장도 놓여 있던 것으로 보였다.

당호가 말했다.

"여긴 서생들이 글공부하는 학당 같군요."

다들 그 말에 동감하며 고개를 끄덕였다.

무명은 방을 슬쩍 한번 둘러본 뒤, 방과 연결되어 있는 다른 통로로 들어갔다.

일행도 이제 이렇다 할 말을 꺼내지 않았다.

방이 괴이한 것은 사실이었다. 하지만 지하 도시 어디 한 군데라도 정상인 곳이 있었던가? 때문에 다들 '망자도 글공부를 다 하는군'이라고 중얼거리며 발을 옮겼다.

통로는 또 다른 방으로 연결되어 있었다.

이번 방은 더욱 해괴했다.

방은 폭과 길이는 물론 천장까지의 높이가 모두 똑같은 정육면체 모양이었다.

마치 주사위의 속을 파내고 만든 것 같은 방.

그런데 벽 중간에 가로로 길게 금이 그어져 있었다. 그리고 금 아래의 벽과 바닥은 누렇게 황색이 칠해져 있으며, 반대로 금 위의 벽과 천장은 흑색으로 칠이 되어 있는 것이었다.

제갈윤이 말했다.

"머리에는 흑건을 쓰고 몸에는 황포를 걸친 방인가?"

그는 자신의 농담이 꽤 그럴듯하다고 생각했는지 의기양양하게 웃었다. 일행도 그 말에 빙그레 미소를 지었다.

하지만 무명은 어이가 없는지 피식 웃으며 몸을 돌리는 것이었다.

당호가 말했다.

"얼음처럼 차디찬 기관진식도 웃을 때가 있군요."

그런데 이강의 대꾸가 냉랭했다.

"제갈윤은 병신 중의 상병신이다."

"네? 무슨 말씀이신지?"

"머릿속에 든 지식을 제대로 써먹는 때가 한 번도 없으니 말이다. 저런 놈이 제갈세가의 후손이라니, 조상들이 무덤 속에서 땅을 치겠군."

이강은 제갈윤을 차갑게 비웃은 다음 무명을 따라갔다.

당호는 영문을 몰라서 어깨를 으쓱했지만, 곧 그러려니 했다. 이강이 뜻 모를 욕설을 지껄이는 게 한두 번이던가.

무명은 선두에 서서 통로 속을 이동했다.

'거의 다 왔다.'

팔 층 전각이 있는 자리는 책가도에서 무문관 서책이 꽂힌 곳이었다.

그리고 무문관의 옆에는 네 권의 서책이 나란히 놓여 있었다.

'논어, 맹자, 대학, 중용.'

글을 읽는 서생이라면 반드시 거쳐 가야 될 서책들. 바로 유가 사상의 핵심이 담겨 있는 사서(四書)였다.

방금 지나온 붓과 벼루가 놓인 방은 서생들이 공부하는 학당이었다. 즉 사서에 해당하는 방이라고 할 수 있었다.

그다음 방의 정체는 쉽다고도 어렵다고도 볼 수 있었다.

천장과 벽 위는 검정, 벽 아래와 바닥은 황색으로 칠해진 방.

무명은 속으로 방의 정체를 되뇌었다.

'천자문의 방.'

천자문의 첫 구절은 다음과 같다.

하늘 천(天), 땅 지(地), 검을 현(玄), 누를 황(黃).

하늘은 검고 땅은 누렇다. 우주의 첫 번째 진리를 담은 말이다.

자기 이름도 쓰지 못하는 무식한 자도 천자문의 시작만큼은 술술 외운다. 그만큼 누구에게나 익숙한 구절이었다.

사서 다음에 꽂혀 있는 서책이 바로 천자문이었다.

이강이 제갈윤을 비웃은 것도 무명의 생각을 읽어서였다.

책가도의 존재를 모르더라도 방이 천자문의 첫 구절을 가리킨다는 정도는 쉽게 알 수 있는 일이 아닌가? 더군다나 대대로 지식 높은 문사를 배출하기로 유명한 제갈세가의 후손이라면 말이다.

무명은 이제 제갈윤이 잠행에 조금도 도움이 되지 않을 거라고 단정했다.

'지식을 현재 상황에 적용 못 하는 바보에 불과했군.'

그는 제갈윤에 대한 잡생각을 머리에서 지웠다. 그리고 책가도에 대해 생각했다.

무명이 암기하고 있는 서책 차례는 다음과 같았다.

'무문관, 논어, 맹자, 대학, 중용, 천자문, 그리고 산해경.'

천자문 다음이 산해경이었다.

산해경은 망자비서가 있는 곳이라고 여기는 위치였다. 때문에 무명은 길을 제대로 왔다는 것을 깨닫고 지체 없이 발을 옮긴 것이었다.

'드디어 산해경이다.'

무명의 발걸음이 점점 빨라졌다.

두 개의 방을 아무 문제없이 통과하자 제갈윤이 피식 웃으며 말했다.

"지하에 있다는 기관진식 방이 고작 이런 곳이었소? 함정은 커녕 쥐새끼 한 마리 안 보이는군."

하지만 무명은 말 한마디 하지 않고 그를 무시했다.

제갈윤은 기분이 상했는지 앞으로 다가왔다.

"이봐, 내 말이 안 들리는 거냐?"

"잠행에 쓸데없는 헛소리는 원래 잘 못 듣소."

"뭐라고?"

제갈윤이 버럭 화를 내며 판관필을 쥐어 들었다.

"네놈이 보자 보자 하니까 아주 기어오르는구나!

"그렇게 몸이 근질거리시오?"

갑자기 무명이 통로 앞쪽을 가리켰다. 육안룡의 빛줄기가 지하의 먼지에 가리지 않고 앞으로 쭉 뻗어나갔다. 어느새 통로가 끝이 났던 것이다.

무명이 먼저 가라는 듯이 손을 통로 밖으로 내밀며 말했다.

"잠행에 그렇게 자신 있다면 솜씨를 보여주시오."

"오냐! 네놈의 얕은 재주를 다시는 제갈세가와 비교 못 하게 해주마!"

제갈윤은 호언장담하며 앞장서서 통로를 나갔다.

그때 이강이 슬쩍 옆으로 다가오며 전음을 보냈다.

[네놈, 또 나쁜 버릇이 도졌구나.]

[무슨 말이오?]

[저 앞에 알지 못할 위험이 도사리고 있는 것 같으니 일부러 제갈윤을 화나게 만들어서 앞으로 내보낸 것이 아니냐?]

[좋을 대로 생각하시오. 앞장서겠다고 한 자는 제갈윤 본인이니까.]

[후후후, 네놈은 영락없는 강호오대악인이라니까.]

이강은 그것으로 대화를 끝냈다.

실은 이강의 말은 정곡을 찌르는 것이었다. 무명은 제갈윤을 이용해서 정체 모를 위험이 닥치면 대처하려 했던 것이다.

마치 수복화원의 우물에 처음 들어갈 때 소행자를 동행시켰던 것처럼.

그때는 의식하지 못했지만, 지금 무명의 생각은 분명했다.

'일이 틀어지면 제갈윤을 미끼로 쓴다.'

제갈윤은 잠행에 조금도 도움이 안 됐다. 게다가 유명세가의 후예라는 자존심을 굽히지 않아서 어떤 사고를 칠지 몰랐다.

'어차피 어떤 잠행에서도 희생자가 나오게 마련이다.'

그렇다면 차라리 쓸모없는 제갈윤을 희생시키는 쪽이 낫지 않을까?

그것이 무명이 흔쾌히 제갈윤에게 선두를 양보했던 이유였다.

소행자를 놔두고 몸을 돌릴 때만 해도 일말의 죄책감을 느꼈던 무명. 하지만 지금 그는 자신의 어두운 모습을 인정하고 받아들였다.

이제 씁쓸하거나 허무하지 않았다.

힘이 없는 자는 죽는다. 지혜가 부족한 자도 죽는다.

그것이 무명이 깨달은 강호였다.

일행은 제갈윤의 뒤를 따라 통로를 나갔다.

통로 밖에는 둥그런 공터가 자리하고 있었다. 그런데 공터라고 하기에는 지나치게 넓었다.

당호가 그 사실을 지적했다.

"공터가 아니라 광장이라고 해도 믿겠군요."

그의 말이 옳았다. 공터는 수천 명의 병사들이 사열해 있던 광장을 떠올리게 할 만큼 광활했던 것이다.

일행은 침을 꿀꺽 삼켰다. 그리고 일제히 검을 뽑아 들었다.

스릉!

그들은 한 발짝씩 어두운 공터로 걸어 들어갔다.

일행은 칠흑 같은 어둠 속으로 걸어 들어갔다.

저 앞에 또 어떤 위험이 도사리고 있을지 알 수 없었다. 정체 모를 위압감이 일행의 가슴을 짓눌렀다.

그때 어둠을 뚫고 누군가가 다가왔다.

일행은 반사적으로 검을 치켜들었다. 하지만 곧 긴장을 풀며 검을 내렸다.

앞장서서 통로를 나섰던 제갈윤이 돌아온 것이었다.

"한 발짝 걷는 데 한 시진씩 걸리는 것 같소만?"

그가 팔짱을 낀 자세로 오만하게 말했다.

"공터에는 아무것도 없소. 망자들은커녕 기관진식은 냄새도 안 나오. 그러니 겁쟁이처럼 몸을 움츠릴 것 없소."

"그거야 아직 모르는 일이죠."

당호가 툭 말을 내뱉었다. 그 역시 제갈윤이 입만 산 철부지라는 사실을 알아차린 것이다.

하지만 제갈윤은 그런 분위기조차 눈치를 못 챘다.

"아쉽지만 제갈세가의 실력은 나중에 보여줘야 될 것 같소."

그가 씨익 웃으면서 몸을 돌렸다.

일행은 서로를 쳐다보며 어깨를 으쓱했다. 어쨌든 당장은 위험이 없어 보였다. 그들은 안심한 얼굴로 검을 집어넣은 뒤 공터로 들어갔다.

하지만 무명의 생각은 달랐다.

'여기는 망자비서가 있는 곳이다. 위험하지 않을 리가 없다.'

그는 좀처럼 발이 떨어지지 않았다.

공터의 암흑이 마치 그에게 들어오라고 손짓하는 듯한 기분이 들었던 것이다.

일행은 한 발짝, 한 발짝 어둠 속으로 향했다.

공터는 어두컴컴한 것은 물론 공중에 습기가 가득 차 있었다. 육안룡의 빛줄기도 뿌연 습기를 뚫고 나가지 못했다. 때문에 세 걸음 앞도 잘 보이지 않았다.

당호가 말했다.

"이곳은 많이 덥군요."

"그러게. 왜 이렇게 무더워? 무슨 남만도 아니고. 아아, 난 시원한 게 좋은데!"

남궁유가 대꾸하자, 당호가 반문했다.

"아까 한빙석 방에서는 춥다고 하셨잖아요?"

"그때는 그때고!"

"네, 네. 지금은 지금이죠."

남궁유의 말대로 공터는 남만 땅에 온 것처럼 숨이 턱턱 막히게 무더웠다.

어느새 일행의 몸에서 굵은 땀방울이 흘러내렸다.

마지일이 말했다.

"옷을 벗은 게 선견지명이었군. 지하가 이렇게 더울 줄 누가 알았겠어?"

그는 옷을 벗어서 그나마 낫다는 투로 얘기했다.

하지만 속마음은 달랐다. 그는 여인들의 가슴 가리개가 땀에 푹 젖기만을 내심 기다리고 있는 것이었다.

남궁유가 그의 흑심을 모를 리 없었다.

"꿈 깨시지. 내 가슴 쳐다보는 날은 눈알을 파버릴 테니까."

"어이쿠, 무서워라. 조심하겠소, 남궁소저."

마지일이 킬킬거리며 대답했다.

공터는 처음 생각했던 것처럼 넓지 않았다. 하지만 뿌연 습기 때문에 전체 모습을 한눈에 볼 수 없는 게 문제였다.

무명은 머릿속으로 공터의 특징을 하나씩 짚어봤다.

첫째, 공터는 둥근 원형을 하고 있었다.

수천 병사가 있던 광장은 사각형이었다. 반면 지금 공터는 바닥은 물론 천장까지 둥글게 곡선을 그리고 있었다.

무명이 육안룡 빛줄기로 주위를 살피며 생각했다.

'마치 공을 반으로 가른 다음 뒤집어씌워 놓은 것 같군.'

둘째, 공터의 둘레에 거대한 기둥들이 박혀 있었다.

기둥은 공터의 가장자리를 빙 둘러서 띄엄띄엄 자리해 있었다. 괴이한 점은 바닥에 박힌 기둥이 천장까지 닿지 않고 중간에 끝난다는 것이었다.

무명은 고개를 갸웃거렸다.

'천장을 받치고 있지 않는 기둥도 있었나?'

그는 고개를 들어서 기둥의 끝을 살폈다.

육안룡의 빛이 희미하게 비추는 기둥의 끄트머리는 각이 지지 않고 뾰족했다. 기둥의 전체 모습이 원통이 아니라는 뜻이었다.

무명이 기둥의 정체를 의아해하고 있을 때, 당호가 말했다.

"이건 꼭 상아 같군요."

상아(象牙)는 남만이나 서역 땅에 산다는 코끼리의 이빨이다.

코끼리는 엄니가 위턱에서 입 밖으로 나올 만큼 길게 자란다. 상아는 색이 희고 재질이 단단하여 고급 악기나 공예품에 많이 쓰였다. 잘 가공된 상아는 은자를 주고도 구하지 못할 만큼 부르는 게 값이었다

하지만 상아와 기둥은 큰 차이점이 있었다.

바로 크기였다.

상아는 아무리 크다고 해도 지름이 일 척을 넘지 못했다.

반면 눈앞의 기둥은 일행 중 가장 키가 큰 진문이 두 팔로 안더라도 손끝이 닿지 않을 만큼 커다랬다.

송연화가 눈빛을 반짝거리며 말했다.

"이게 정말 상아라면 여기는 어떤 금광보다 채굴할 보석이 많은 셈이군요."

제갈윤이 맞장구를 쳤다.

"다음에 인부들을 데리고 와서 기둥을 파내야겠군."

당호가 그 말에 한숨을 쉬며 물었다.

"제갈세가가 금전이 부족하십니까? 이 지옥에 또 들어올 생각을 하시게요."

"지옥? 제갈세가 사람들이 총출동하면 이런 곳쯤은 놀이터나 다름없소."

"물론 그러시겠죠."

당호는 삐딱하게 대답했다.

공터의 괴이한 모습은 그것으로 끝이 아니었다.

무명은 세 번째 공터의 특징을 깨달았다.

셋째, 공터 바닥에 물이 차 있었다.

처음 공터에 발을 들였을 때는 바닥에 물기가 별로 없었다. 그런데 공터의 중앙으로 갈수록 바닥에 물이 고이기 시작하는 것이었다.

일행이 걸음을 옮길 때마다 발에 물이 차였다.

찰박, 찰박, 찰박…….

고인 물이라기보다 얕은 진창을 걷는 듯한 기분.

남궁유가 눈썹을 찡그리며 말했다.

"미치겠네! 내 신발 맞춘 지 얼마 안 됐단 말야!"

"……."

일행은 할 말이 없었다. 목숨을 걱정해야 될 판에 의복을 신경 쓰는 남궁유가 어처구니없었던 것이다.

물은 점점 더 깊어졌다.

어느새 발목의 복사뼈까지 물에 잠겼다. 이제 물이 차이는 게 아니라 걸을 때마다 발이 물속에 푹 빠졌다.

첨벙, 첨벙, 첨벙…….

남궁유가 재차 불평했다.

"신발은 버린다고 쳐도, 이러다 옷까지 젖겠네."

"옷이 젖으면 벗으면 되지 무슨 걱정이오? 가슴 가리개와 속곳만 걸치면 참 볼 만할 것 같소만, 하하하하!"

"뭐야?"

남궁유가 앙칼지게 소리쳤다. 마지일은 그녀의 눈빛이 흉흉하자 슬그머니 시선을 피했다.

그때였다. 남궁유가 무엇을 발견했는지 반기는 얼굴로 말했다.

"저기 징검다리가 있어!"

그녀가 고개를 돌리자 육안룡의 빛줄기가 바닥을 밝혔다. 한 뼘가량 물이 차오른 곳에 수박만 한 크기의 둥그런 돌이 우두커니 놓여 있었다.

당호가 말했다.

"징검다리는 아니죠. 돌이 하나밖에 없는데요."

"아냐! 저 앞에 또 많이 있다고!"

남궁유가 검지로 정면의 어둠 속을 가리켰다.

그녀 말이 옳았다. 공터 중앙에 가까워질수록 큼지막한 돌들이 수면 위로 절반쯤 모습을 드러내고 있었던 것이다.

돌들은 무작위로 있을 뿐 강을 건너기 위해 놓인 징검다리는 아니었다.

그러나 경신법이 일류의 경지에 달한 남궁유가 딛고 건너가는 데는 아무 문제가 없어 보였다.

"나부터 갈 테니 다들 따라와!"

오래간만에 장청이 한마디 했다.

"중앙으로 갈수록 물이 깊어지는 것 같으니 조심해라."

하지만 그의 말은 너무 뻔한 것이라서 아무도 귀담아듣지 않았다.

남궁유가 처음 발견한 돌을 향해 몸을 날렸다.

휙!

그녀의 신형이 깃털처럼 공중에 떠올랐다.

하늘을 나는 것처럼 먼 거리를 도약한 남궁유가 돌 위에 가볍게 발을 디디며 착지했다.

순간 무명은 무언가 이상하다는 것을 느꼈다.

물 바닥에 있는 것이 돌이라면 남궁유의 신형은 고무공이 튕기듯이 위로 뛰어올라야 했다. 하지만 돌을 디디는 그녀의 발 모양이 정상이 아니었다.

그녀의 발이 '물컹' 하면서 밑으로 살짝 가라앉았던 것이다.

아니나 다를까, 남궁유가 비명을 질렀다.

"꺄아악! 이게 뭐야?"

발을 헛디딘 그녀가 몸을 휘청거리며 옆으로 넘어갔다.

그러나 유명세가의 자제는 또 한 번 무위를 자랑했다. 몸이 기울며 쓰러지려는 찰나, 남궁유가 돌을 밟은 발에 힘을 실었다.

"하아앗!"

그녀가 다시 공중 높이 뛰어올랐다. 물속에서 흔들리는 돌을 디디고 도약하는 경신법은 과장을 보태서 허공답보라고 해도 무방할 정도였다.

일행은 그녀의 경신법에 혀를 내둘렀다.

마지일도 희롱인지 감탄인지 모를 말을 중얼거렸다.

"저런 풍만한 가슴을 갖고서 몸은 깃털처럼 가벼우니 침상에선 얼마나 대단할까?"

다행히 남궁유는 그 말을 듣지 못했다.

그녀가 공중에서 몸을 빙그르 회전한 뒤 먼저 있던 위치로 날아와서 착지했다.

그리고 시끄럽게 떠들었다.

"아이씨, 기분 더럽네! 저건 돌이 아냐!"

"그럼 뭐였소?"

무명이 진지하게 물었지만, 그녀는 여전히 불평만 늘어놓았다.

"내가 그걸 어떻게 알아? 물 위에 둥둥 떠 있는 걸 봐서 수박인가 보지. 아니면 축국 공 같은 거라든가."

무명은 더 캐묻지 않았다. 직접 가서 돌무더기를 살필 생각이었다.

그런데 주제를 모르고 앞장서는 자가 있었다.

"물 위에 뜬 수박을 밟고 강을 건너는 것쯤은 강호출행 전에 이미 숙달해 놓았어야지."

바로 제갈윤이었다.

"돌이 아니면 어떻소? 밟고 건너가면 그만인데."

그가 자신만만하게 웃으며 어둠 속을 향해 몸을 돌렸다. 그리고 말릴 틈도 없이 남궁유가 밟았던 돌을 향해 몸을 날렸다.

"흐아아압!"

못난 모습을 수없이 보인 제갈윤이지만, 그래도 명문정파의 후기지수임은 분명했다.

그가 남궁유 못지않은 경신법으로 훌쩍 날아서 돌 위에 착지했다.

탁!

한쪽 발만으로 돌 위에 선 제갈윤의 자태는 마치 학처럼 고고했다.

"확실히 돌은 아니군. 이건 꼭……."

그때였다. 돌이 제자리에서 빙글 돌더니 물 밑으로 쑥 내려가 버리는 게 아닌가?

"뭐, 뭐야?"

제갈윤은 발이 미끄러지자 두 팔을 휘저으며 비틀거렸다. 하지만 곧 균형을 잃고 꼴사납게 뒤로 넘어가서 엉덩방아를 찧었다.

첨벙!

제갈윤의 하반신이 물속에 푹 빠졌다. 그가 쓰러진 자리가 일행이 서 있는 곳보다 두 배는 더 깊었던 것이다.

그러나 그는 옷을 적신 것보다 자신의 경신법이 남궁유보다 떨어지는 것을 들킨 게 분한 듯했다.

"제기랄! 거기 뭘 쳐다봐? 구경났어?"

"……."

일행은 어이가 없어서 아무 말도 하지 않았다.

실은 제갈윤을 신경 쓰는 자는 아무도 없었다. 일행의 눈길을 끄는 것은 따로 있었다.

제갈윤이 발로 밟자 물속으로 들어갔던 돌이 갑자기 수면 위로 떠올랐던 것이다.

불쑥.

옷에 흠뻑 젖은 물을 털며 일어나던 제갈윤이 고개를 돌리다가 돌을 발견했다.

"제기랄! 하찮은 미물까지 날 놀리는 것이냐?"

그가 발을 있는 힘껏 뒤로 젖혔다.

순간 무명이 소리쳤다.

"제갈윤, 멈추시오!"

한발 늦었다. 제갈윤은 이미 축국을 하듯이 공을 향해 발을 휘두르고 있었다.

그런데 돌을 차는 소리가 어딘가 이상하게 들렸다.

빡!

그것은 돌을 차는 소리도, 수박을 차는 소리도 아니었다.

제갈윤이 발목을 부둥켜 잡으며 비명을 질렀다.

"아아아악!"

일행은 그가 돌을 잘못 차서 발등의 뼈에 금이 간 것이라고 생각했다.

그러나 그들의 생각은 순진한 착각이었다.

계속해서 괴이한 장면이 벌어졌다. 제갈윤이 다급히 물속에서 발을 빼냈다. 그러자 그의 발목에 돌이 붙은 채로 따라 올라오는 것이 아닌가?

"으아악! 이게 대체 뭐야?"

무명이 싸늘하게 말했다.

"직접 보고도 모르겠소? 그건 돌이 아니라 망자의 머리요."

"……!"

일행은 입을 딱 벌리며 경악했다.

그들이 일제히 고개를 돌리자, 제갈윤의 발목에 육안룡의 빛줄기가 집중됐다.

망자의 목이 아가리를 쩍 벌려서 제갈윤의 발목에 시커먼 이빨을 쑤셔 박고 있었다. 수박 같은 크기의 돌은 실은 망자의 잘린 목이었던 것이다.

복사뼈와 이빨이 요란한 마찰음을 냈다.

콰드드드득!

"아아악! 누가 이것 좀 떼어줘!"

그때였다. 당호가 무언가를 보더니 넋이 나간 사람처럼 중얼거렸다.

"여기는 지옥의 입구군요……."

어느새 시커먼 물 위에 망자들의 목이 둥둥 떠다니고 있었다.

6장.
공터의 정체

물속에 징검다리처럼 놓여 있던 돌.

그것은 돌이 아니라 망자의 잘린 목이었다.

언제 어디서 나왔는지 시커먼 수면 위에는 망자들의 목이 둥둥 떠다니기 시작했다.

제갈윤은 여전히 비명을 지르며 난동을 피웠다.

"이 개새끼! 이거 못 놔? 으아악!"

그가 망자의 목을 향해 두 주먹을 내질렀다. 퍼퍼퍽! 하지만 망자의 목은 아무리 때려도 꽉 다문 입을 열지 않았다.

"이래도냐?"

제갈윤이 품에서 판관필을 꺼내 망자의 두 눈에 박았다. 콰악! 그러나 망자는 두 눈에서 시커먼 선혈을 철철 흘리면서도 꼼짝하지 않았다.

아니, 오히려 입꼬리를 말아 올리며 미소를 짓는 것이었다.

싱긋!

콰드드득!

망자의 송곳니와 어금니가 사냥 덫처럼 제갈윤의 복사뼈를 쪼개고 들어갔다.

"아아아악!"

일행은 난감한 얼굴로 서로를 쳐다봤다.

망자가 제갈윤의 발목을 물고 있는 바람에 검을 쓰기 곤란했던 것이다. 안 그래도 혈선충의 심맥은 단번에 찌르는 게 어렵지 않은가? 잘못 검을 썼다가는 제갈윤의 발목까지 떨어질 상황이었다.

당호와 장청이 서로 눈빛을 주고받았다.

둘의 생각은 동일했다.

'제갈윤의 발목을 잘라야 되나?'

망자 처리가 곤란하다면 발목을 잘라서 목숨이라도 건지는 게 상책이었다.

하지만 그들은 차마 검을 쓰지 못하고 주저했다.

석일객잔에서 악척산의 두 발을 자를까 고민하던 것과는 경우가 달랐다. 악척산은 창천칠조의 일원으로 오랜 시간 강호출행을 함께해 왔다. 그러나 제갈윤은 이번 잠행에서 처음 얼굴을 대한 자이니, 함부로 몸을 상하게 했다가는 뒷감당이 신경 쓰였던 것이다.

정영이 둘의 생각을 눈치채고 말했다.

"기다려! 이자까지 척산처럼 희생시킬 수는 없어!"

그녀가 앞으로 나서며 검을 출수했다.

스팟!

검광이 가로로 길게 번쩍거렸다. 망자의 머리 윗부분이 베어져서 어둠 속으로 날아갔다.

하지만 머리 아랫부분만 남은 망자의 턱주가리는 떨어지지 않고 제갈윤의 발목을 물어뜯었다. 정영이 제갈윤이 다칠까 봐 혈선충의 심맥을 정확히 가르지 못한 것이었다.

그녀는 기가 막히는지 중얼거렸다.

"뭐 이런 게 다……."

그때 진문이 제갈윤을 향해 몸을 날렸다.

텅! 그가 세차게 진각을 밟자 바닥의 물이 사방으로 퍼졌다. 촤아악! 동시에 그가 반 장 가까이 되는 단봉(短棒)을 망자의 턱주가리에 찔러 넣었다.

퍼억!

"끄헉……."

머리 아래만 남은 망자의 입이 외마디 비명을 내질렀다. 진문의 단봉이 망자의 목뒤에 있는 혈선충의 심맥을 정통으로 강타했던 것이다.

찍! 망자가 턱주가리를 활짝 벌렸다.

턱을 다무는 힘이 사라지자 복사뼈에 박혔던 이빨들도 쑥 빠졌다. 망자의 목은 그대로 밑으로 떨어졌다. 첨벙!

진문이 물 밑으로 가라앉고 있는 망자의 목을 향해 반장을 했다.

"아미타불."

그리고 제갈윤을 보며 물었다.

"괜찮소?"

그런데 제갈윤이 진문에게 삿대질을 하며 소리치는 것이었다.

"아아악! 내 발! 내 발!"

실은 진문의 단봉이 망자의 턱주가리를 관통하면서 제갈윤의 발목까지 때리고 말았다. 제갈윤은 바닥에 주저앉은 채 두 손으로 발목을 붙잡고 고통에 몸부림쳤다.

"감히 소림의 땡초 따위가 제갈세가를 능멸하려 들다니!"

"……."

진문은 아무 말 없이 지그시 제갈윤을 쳐다봤다.

일행은 헛웃음을 지었다.

망자 목을 떼어준 게 누구인데 거꾸로 욕설을 하다니? 물에 빠진 사람 구해주니까 보따리 내놓으라는 것도 이보다는 덜 어이가 없으리라.

게다가 대소림사에게 땡초라고? 일행은 제갈윤이 철이 없는 건지 아니면 용감무쌍한 건지 구분이 안 될 정도였다.

일행은 제갈윤에게 신경을 끄기로 마음먹었다.

망자들의 목은 어느새 숫자가 불어나 있었다. 징검다리처럼 군데군데 보이던 망자들의 목이 이제 한눈에 보이는 것만 해도 십여 개가 넘었다.

송연화가 말했다.

"빨리 여기를 벗어나죠."

일행이 고개를 끄덕이며 동의한 뒤 무명에게 고개를 돌렸다. 어떤 결정을 내릴 때 무명에게 의견을 묻는 게 어느덧 자연스러워졌다.

하지만 무명은 바로 대답하지 못하고 침음했다.

그의 머릿속이 복잡하게 돌아갔다.

'혹시 이곳이 산해경 자리가 아닌가?'

무문관, 사서, 천자문, 그리고 다음이 산해경이다. 지금 있는 공터가 바로 산해경이 꽂혀 있는 자리에 해당했다.

그러나 아무리 공터를 살펴도 이곳에 망자비서가 있으리라고는 생각되지 않았다.

'길은 제대로 찾아왔다. 하지만 무언가 놓친 것이 있다.'

과연 그게 무엇일까?

무명은 아무리 생각해도 실마리를 찾아낼 수 없었다.

그가 결정을 못 내리고 있자, 일행은 의아한 눈빛으로 서로를 쳐다봤다.

제갈윤은 여전히 바닥에 널브러진 채 발목을 쥐고 있었다. 진문이 한숨을 쉬면서 그에게 다가갔다. 그리고 뒷덜미를 쥐고 잡아당겼다.

제갈윤은 그의 힘을 이기지 못하고 벌떡 일어섰다.

"뭐야? 감히 어디다 손을 대?"

"갈 길이 머니 그만 일어나시오."

"내 발목을 보고도 그런 소리가 나오냐? 너 때문에 걷지도 못하게 됐다고!"

제갈윤은 이제 패악질을 부리는 수준이었다.

이강이 쓴웃음을 지으며 말했다.

"명문정파 놈들이 다 그렇지. 잘나갈 때는 패왕처럼 위풍당당하지만 한 번 실패하면 금세 죽는 소리를 하며 본색을 드러낸다니까, 후후후."

일행은 그의 말이 거슬렸지만 딱히 반박할 수 없었다. 명문제갈세가의 후예가 눈앞에서 보이는 꼴이 너무 참담했기 때문이다.

진문이 차갑게 말했다.

"엄살은 나가서 떠시오."

"뭐야? 소림 땡초가 감히 어디서… 허억! 이, 이게 뭐야?"

제갈윤이 두 눈을 크게 뜨고 경악했다.

일행은 진문의 말처럼 그가 또 엄살을 부리는 것이라 생각했다. 그런데 이번에는 상황이 조금 달랐다.

제갈윤이 일행 쪽으로 두 손을 치켜들면서 소리쳤다.

"바닥에 있는 건 물이 아냐! 피다!"

"……!"

일행은 일제히 고개를 내렸다. 발목 깊이까지 차올라서 찰방거리는 게 물이 아니라 피였다는 말인가?

정영이 검 끝으로 액체를 찍은 다음 코앞에 갖다 대고 쳐다봤다.

그녀가 말했다.

"맞소. 이건 피요."

검 끝에 엉겨 붙어서 질퍽하게 흘러내리고 있는 것은 검붉은 선혈이었다.

공터는 한 점의 빛도 없이 칠흑처럼 어두웠다. 일행은 육안룡의 빛줄기로 아래보다는 정면을 살피는 데 급급했기 때문에 바닥에 고인 게 피라는 사실을 미처 깨닫지 못했던 것이다.

제갈윤의 두 손은 이미 피로 범벅이 되어 있었다.

"여긴 오면 안 되는 곳이야! 이번 잠행은 처음부터 몽땅 미친 짓이었다고!"

그가 공포에 질려서 절규했다.

숱한 강호출행을 겪은 일행도 그의 말을 웃어넘길 수 없었다.

피 웅덩이에서 망자들의 잘린 목이 둥둥 떠다니는 광경을 강호의 어떤 자가 상상이나 했을까?

이강이 말했다.

"핏물 목욕을 하고 있군."

그의 목소리가 평소와는 달리 차갑게 식어 있었다.

"망자들 중 다수는 주기적으로 피를 흡수해야 한다."

"피를 먹는 것도 아니고 흡수를 한다고요?"

당호의 물음에 이강이 고개를 끄덕였다.

"그래. 잘 봐라, 놈들이 입을 벌려서 핏물을 마시는지."

일행이 고개를 내리고 핏물 위에 떠 있는 망자의 목 하나를 살폈다.

이강의 말이 옳았다. 망자는 입을 벌리거나 뻐끔거리지 않고 꾹 다물고 있었다.

"놈들은 스스로 목을 벤 다음 피를 흡수하는 것으로 알고 있다. 입으로 마시는 게 아니라, 잘려진 목의 단면으로 빨아들이는 거지."

"……!"

일행은 자기도 모르게 침을 꿀꺽 삼켰다.

만약 다른 곳에서 들었다면 터무니없다며 비웃었을 이강의 말.

그러나 지금 일행의 앞에서 망자의 목이 피를 흡수하고 있는 중이었다.

쭈우우우…….

망자의 목 아래에서 액체를 빠는 소리가 들렸다. 곧 핏기 없이 푸르뎅뎅하던 망자의 얼굴이 벌겋게 달아올랐다.

"취소하지. 목욕이 아니라 식사 중이라고 해야 맞겠군, 후후후."

끔찍한 광경을 눈앞에 두고도 이강은 기분 나쁜 웃음으로 말을 끝냈다.

일행이 멍청히 망자의 목을 쳐다보고 있을 때, 무명의 머릿속에 전음이 들렸다.

[서생 놈아, 이 공터는 피하자.]

이강이었다.

[흑랑성에도 이런 곳이 있었다. 망자비서가 어디에 있는지는 몰라도 일단 공터는 나간 다음에 다시 오자. 아무래도 예감이 좋지 않아.]

[강호제일악인도 무서운 게 있소?]

[농담할 때가 아니다.]

[알았소.]

무명이 일행에게 명령했다.

"모두 공터를 건너가시오."

일행이 그의 말을 기다렸다는 듯이 재빨리 움직이기 시작했다.

발아래에서 진한 핏물이 신발과 바짓단에 엉겨 붙으며 기분 나쁜 소리를 냈다.

철벅, 철벅, 철벅…….

전체적으로 둥근 모습의 공터는 중앙으로 갈수록 깊어지는 것 같았다. 발목에 닿던 핏물이 어느새 정강이까지 올라와 있었기 때문이다.

일행은 중앙을 피해서 옆으로 우회했다. 그 바람에 자연히 두 무리로 나뉘어졌다.

공터의 중앙을 돌아가면서 일행은 생각했다.

'저 한가운데는 얼마나 깊을까?'

지면을 뚫고 지옥까지 닿아 있을지 모르는 피 웅덩이를 상상하자 그들은 전신에 오싹 소름이 돋았다.

무명은 정영과 함께 선두에서 이동했다.

공터가 넓긴 했지만 수천 병사들이 있던 광장만큼은 아니었다. 출입구의 위치를 안다면 창천칠조는 몇 걸음에 공터를 건너뛸 수 있을 것이다.

문제는 안개가 짙어서 공터 너머에 있을 통로가 전혀 보이지 않는다는 것이었다.

먼저 들어왔던 곳으로 후퇴하는 방법도 있었다.

그러나 무명은 그 방법은 제외했다.

'망자비서를 찾기 전에는 여기서 발을 뺄 수 없다.'

그는 주위를 살피며 앞으로 걸어 나갔다.

그런데 제갈윤이 무명과 정영을 추월해서 앞으로 나가는 것이었다.

무명이 경고했다.

"무작정 나가지 말고 진영을 지키시오."

하지만 남의 말을 안 듣는 애송이는 심사가 뒤틀리면 더욱 제멋대로 군다는 것이 만고의 진리가 아닌가?

제갈윤은 뒤로 물러나기는커녕 역정을 냈다.

"싫다! 조원이 부상당할 때까지 넌 뭘 했냐? 네놈이 그러고도 잠행조장이냐?"

"나는 잠행조장을 자처한 적 없소."

"뭐라? 이제 와서 발뺌하려는 거냐?"

그때였다.

촤아아악! 핏물이 좌우로 갈라지며 수면 아래에서 망자가 튀어나왔다.

"뭐, 뭐야?"

깜짝 놀라서 급하게 몸을 돌리던 제갈윤이 중심을 잃고 비틀거렸다. 망자 이빨에 물렸던 발목이 시큰거리는 바람에 발을 헛디딘 것이었다.

망자가 두 손을 뻗어 제갈윤의 목을 틀어쥐었다. 그리고 입을 쩍 벌리고 제갈윤의 목줄기를 향해 달려들었다.

키에에엑!

순간 한 줄기 검광이 전광석화처럼 빛났다.

팟! 꺼헉!

막 제갈윤을 물어뜯으려던 망자가 움직임을 딱 멈췄다.

척사검이 망자의 목젖을 관통해서 뒷덜미로 빠져나와 있었다. 어느새 정영이 몸을 날려서 사일검법을 출수한 것이었다.

정영이 단숨에 척사검을 빼냈다. 그리고 망자의 몸통에 옆차기를 차 넣어서 망자를 몇 장 멀리 날려 버렸다.

퍼억! 풍더엉!

일행이 일제히 검을 뽑아 들었다. 스르릉!

당호가 무명의 뒤로 바싹 다가서며 물었다.

"피 웅덩이가 얼마나 깊은지 몰라도 이곳에 있는 망자가 하나둘은 아니겠군요."

"그렇소."

"여기는 불길해요. 최대한 빨리 망자비서를 찾고 잠행을 끝냅시다."

당호가 가는 눈을 더욱 길게 뜨면서 말했다.

"당문에서 책임지고 이곳을 불태우겠습니다. 폭뢰와 시독(屍毒)을 쓰면 지하 도시가 무너지는 것은 물론 망자들도 녹아내릴 겁니다."

"좋소."

무명이 고개를 끄덕이며 대답했다.

그러나 최대한 빨리 잠행을 끝내자는 다짐은 그들의 착각에 불과했다.

콰아아아악!

일행을 둘러싼 주변의 피 웅덩이에서 수십 명이 넘는 망자가 동시에 몸을 일으켰다.

피 웅덩이의 물살이 세차게 갈라졌다.

촤아아아악!

동시에 핏물 위를 둥둥 떠다니던 망자의 목들이 어느새 몸뚱이를 붙인 채 하나씩 일어서기 시작했다.

당호가 침을 꿀꺽 삼키며 중얼거렸다.

"시독을 좀 많이 써야겠군요. 아니, 당문에서 만드는 일 년 치분을 전부 쏟아부어야……."

망자들이 전후좌우를 가리지 않고 일어났다. 꼼짝없이 포위되고 만 것이었다.

그러나 극한의 위기에 처하자 반전이 일어났다.

일행이 망자들을 보며 씨익 미소를 지었던 것이다.

명문(名門). 수백 년간 위세를 지켜온 문파와 세가를 일컫는 말.

일행은 명문정파의 내일을 이끌 후기지수라는 이름값이 아깝지 않게 행동했다. 목숨의 위기에 처하자 그들은 오히려 대담하고 거침이 없어졌다.

송연화가 말했다.

"눈에 보이는 망자는 대략 수십여 명이에요. 좀 보태서 백 명이라고 치고, 한 명이 열 명씩 맡으면 되겠군요."

마지일이 맞장구를 쳤다.

"고작 열 명? 별것 아니군."

남궁유가 입을 삐죽 내밀며 반문했다.

"무명 서생은 무공을 모르니까 다들 한 명씩 더 맡아야 돼."

정영이 대답했다.

"이자 몫은 내가 책임질 테니 걱정 마."

그때 무명의 앞으로 망자 하나가 두 손을 번쩍 든 채 달려들었다.

정영이 발을 번갈아서 두 번 보법을 밟으며 전진했다. 그리고 단 일검으로 망자의 목을 꿰뚫었다.

팟!

끄허어업…….

망자가 목구멍에서 숨이 콱 막히는 소리를 내지르더니 바닥에 나동그라졌다. 그리고 다시는 몸을 일으키지 않았다.

정영이 말했다.

"나는 한 명 처치했어."

남궁유가 고개를 갸웃거리며 중얼거렸다.

"어떻게 한 번에 깨끗하게 죽이지? 난 아무리 찔러도 잘 안 되던데."

그 말에 이강이 대답했다.

"이미 말했지만 혈선충의 심맥은 목뒤에서 조금 위쪽에 있다. 검을 수평으로 해서 목을 베었다가는 빗나가고 말지."

그의 목소리는 내공이 실려 있어서 습기로 가득 찬 공터가 웅웅거릴 만큼 울려 퍼졌다.

"그럼 검을 대각선으로 비스듬히 그으면 되겠네?"

"정답. 소저가 보기와는 달리 머리는 좋군."

"뭐라는 거야? 말이 어쩐지 수상한데?"

"후후후, 미안하다."

키에에에엑!

남궁유와 이강의 대화가 끝나기 무섭게 망자들이 일제히 달려들었다.

망자 하나가 마지일을 향해 덤볐다.

마지일은 망자가 바로 앞까지 다가오기를 기다렸다가 슬쩍 왼발을 옆으로 뺐다. 그리고 오른발을 뒤로 돌리며 몸을 회전했다.

와락!

망자가 두 손으로 마지일의 목을 졸랐지만, 이미 그곳은 허공에 불과했다.

이어서 마지일이 몸을 회전하는 기세로 팔을 돌려 검을 휘둘렀다.

촤악!

망자의 목이 허공에 떠오른 뒤 날아가서 피 웅덩이에 빠졌다. 첨벙.

"하하하하! 망할 악인 놈의 충고를 들으니 생각보다 별것 아니군……."

의기양양하게 웃음을 터뜨리던 마지일이 말을 삼켰다. 망자가 목이 없는 채로 계속해서 그에게 덤볐던 것이다.

이강은 두 눈이 보이지 않는데도 어떻게 알았는지 킬킬대며 비웃었다.

"자신감이 넘치는 걸 보니 일검에 망자를 죽였나 보지?"

"입 닥쳐라, 악인 놈아."

마지일이 망자의 주위를 빙글빙글 돌며 무차별로 검을 휘둘렀다. 목 부분이 난도질당하자 망자는 어느 순간 무릎을 꿇으며 쓰러졌다. 철퍽.

"빌어먹을."

마지일은 욕설을 내뱉은 뒤 다른 망자를 상대했다.

남궁유가 있는 곳은 마지일 자리보다 망자가 더 많았다. 망자 네 명이 동시에 그녀에게 달려들었다.

하지만 남궁유는 당황하기는커녕 눈빛을 반짝 빛냈다.

"마침 잘됐다! 시험해 보면 되지!"

그녀가 발을 차며 위로 뛰어올랐다.

단숨에 일 장 높이로 솟아오른 남궁유는 몸을 빙글 회전하면서 망자 하나의 어깨에 두 발을 올리고 섰다. 턱! 그리고 반원처럼 휘어지는 연검을 써서 망자의 뒷덜미를 찔렀다. 푹!

그러나 망자는 단번에 죽지 않았다.

키에에엑!

망자가 두 손을 위로 뻗어 그녀의 발목을 움켜쥐었다.

하지만 남궁유는 이미 옆에 있는 망자의 어깨로 몸을 날린 뒤였다.

"어라? 거기가 아냐? 그럼 여기는 어때?"

푹! 연검이 두 번째 망자의 목을 관통했다.

이번에도 실패였다. 망자가 길길이 날뛰면서 그녀를 어깨 위에서 떨어뜨리려고 했다.

꾸웨엑끄웩꾸에에엑!

"아이씨, 대체 어디라는 거야?"

남궁유는 계속해서 망자들의 머리와 어깨를 징검다리처럼 밟고 건너뛰며 그들의 목에 연검을 쑤셔 넣었다.

푹푹푹푹…….

이윽고 망자 하나가 몸을 부르르 떨더니 바닥에 철퍽 쓰러졌다.

"거기구나!"

남궁유가 쓰러지는 망자를 발로 차며 뛰어올랐다. 그리고 세 명의 망자의 어깨를 차례대로 밟고 다니며 연검을 출수했다.

푹푹푹!

망자 세 명은 끈이 끊어진 인형처럼 스르르 주저앉았다.

그녀가 깃털처럼 사뿐히 핏물 바닥에 착지하며 말했다.

"이제 알았어! 목이라기보다 두개골 바로 밑을 찌르는 쪽이 쉬워!"

그녀의 말은 마치 처음 무공을 익힌 어린아이가 신바람이 난 것처럼 천진난만했다.

"근데 매번 일검에 죽이는 것은 운이 좋지 않은 이상 무리야."

그녀가 뾰로통한 목소리로 말하자, 이강이 반문했다.

"실력이 부족하니 핑계를 대는 것이냐?"

"아냐! 검으로 베자니 턱뼈에 걸리고, 뒷덜미를 찌르자니 망자들 목 길이가 제각각 달라서 위치가 조금씩 어긋난단 말야!"

남궁유가 앙칼지게 소리쳤다.

그런데 이강의 다음 말에 그녀는 할 말이 없어졌다.

"과연 그럴까? 정영 년은 벌써 네 명을 처치한 지 오래다."

"뭐라고?"

"그것도 검을 딱 네 번만 출수했지."

"……."

이강의 말은 사실이었다.

일행의 선두에 있던 무명과 정영은 가장 많은 망자에게 포위되어 있었다.

무명이 뒤로 물러나려 할 때, 망자 세 명이 그에게 달려들었다. 순간 정영이 몸을 날리며 세 망자를 단숨에 쓰러뜨린 것이다.

파파팟!

척사검이 왼쪽, 중간, 오른쪽을 향해 세 번 검광을 번쩍거렸다.

꾸웨에엑…….

망자들은 돼지 멱따는 소리를 내더니 바닥에 나동그라졌다.

그 장면을 바로 앞에서 목격한 무명은 자기도 모르게 침을 꿀꺽 삼켰다.

'이것이 점창파 사일검법의 무위란 말인가?'

해를 쏜다는 뜻으로 이름 지어진 사일검법(射日劍法).

즉 사일검법은 절대 닿을 수 없을 법한 먼 거리의 목표를 향해 보법을 밟고 몸을 던져서 단숨에 검을 찌르는 수법이었다.

적을 향해 몸을 내던지는 것은 고수와의 대결에서는 위험천만하다.

하지만 사일검법은 단순한 동귀어진의 수법이 아니었다. 날렵한 보법으로 적의 전후좌우를 움직이다가 기회를 포착하면 일검에 적을 쓰러뜨리는 실전검법이었다.

이미 네 명의 망자를 쓰러뜨린 정영.

그러나 그녀의 기세는 멈출 줄을 몰랐다.

무명의 뒤에서 물살을 헤치며 다시 네 명의 망자가 튀어나왔던 것이다.

촤아아악!

무명은 졸지에 입 구(口) 자로 서 있는 망자들의 한가운데 위치하게 되었다.

망자 하나가 그를 향해 달려들었다.

키에에엑!

"몸을 숙이시오!"

창천칠조에게는 편하게 하대를 하지만, 모르는 이에게는 어설프게 존대를 하는 정영.

하지만 그녀의 검법은 어설픔과는 거리가 멀었다.

무명이 바닥에 두 손을 짚고 바싹 엎드리는 찰나, 정영이 보법을 밟으며 망자를 향해 검을 찔렀다.

스팟!

척사검이 망자의 목을 꿰뚫고 뒤로 빠져나갔다.

순간 무명은 왜 정영이 망자를 상대로 무적인지 깨달았다.

사일검법은 몸을 던져서 오른 무릎을 꿇는 자세로 검을 뻗는다. 즉 낮은 자세에서 비스듬히 위를 향해 목표를 찌르는 셈이 되는 것이다.

다른 일행은 검을 가로로 베기 때문에 망자의 턱뼈가 방해가 돼서 혈선충의 심맥을 가르지 못했다. 조금 아래쪽을 베면 이번에는 검흔이 심맥을 빗나갔다. 그렇다고 앞에서 달려드는 망자 떼의 뒤로 돌아가는 것도 쉽지 않았다.

그러나 사일검법은 검날이 망자의 턱뼈와 목젖 사이를 절묘하게 관통한 다음 머리 뒤로 빠져나가니, 정면에서 혈선충의 심맥을 정확히 찌를 수 있었던 것이다.

무명은 정영의 비밀 하나를 더 알아차렸다.

'검날을 세로로 세우고 있군.'

세로로 선 검날은 행여 망자들의 목 길이가 달라도 혈선충의 심맥을 가르는 데 유리했다.

정영이 계속해서 세 번 몸을 날리며 세 번 검을 찔렀다.

파파팟!

끄어어억…….

망자 세 명이 속절없이 바닥에 쓰러졌다.

여덟 번 검을 찔러서 여덟 명의 망자를 처치한 정영.

삐이이익!

이강이 어둠 속에서 낭랑하게 휘파람을 불었다. 그리고 눈도 없는데 정영의 검법을 직접 본 것처럼 말했다.

"말 그대로 일검일살이군. 전에 한 말은 취소하지. 검법은 나보다 네년이 조금 더 낫군."

일검일살(一劍一殺).

이강이 무심코 지껄인 말은 이후 정영의 별호가 되어 강호에 전해지게 된다.

"하지만 검 좀 쓴다고 해서 나보다 낫다고 착각하진 마라, 후후후."

이강이 양손을 휘두르며 금성추를 이리저리 날렸다.

부웅!

허공을 가르며 날아간 금성추가 망자의 뒷덜미를 강타했다. 동시에 검날 발톱이 튀어나와 혈선충 심맥에 꽂혔다. 팍!

이강은 계속해서 양팔을 기이하게 휘저었다.

부웅부웅부우웅!

금성추가 허공에 점점이 빛을 뿌리며 날아다녔다. 묵직한 금성추는 망자들의 이마를 부수고 이빨을 박살 내고 턱뼈를 쪼갰다.

콰직! 퍽퍽! 콰지직!

그야말로 무차별의 난타.

이강이 말했다.

“두 눈이 없어서 일검일살은 무리이니, 마구잡이로 때려 부수는 것 외엔 도리가 없지.”

송연화가 맞장구를 치며 말했다.

“그래요. 일검에 쓰러뜨리지 않아도 상관없으니 일단 망자를 처치합시다.”

남궁유도 한마디 보탰다.

“맞아. 어차피 목인장 박살 내는 거랑 차이도 없잖아?”

당호가 눈을 가늘게 뜨며 주의를 줬다.

“단 망자들이 가까이 접근하는 것은 막아야 합니다. 언제 혈선충에 감염될지 모르니까요.”

하지만 당호의 말은 쓸데없는 걱정에 불과했다. 단 한 명의 망자도 일행에게 세 걸음 앞으로 다가오지 못했던 것이다.

키에에에엑!

어느새 수십여 명이 추가된 망자 떼가 일행에게 덤벼들었다.

그러나 일행은 핏물 속에서 망자가 떠오르는 순간 이미 목을 베고 사지를 잘랐다.

특히 정영, 송연화, 남궁유의 활약이 돋보였다.

마지일과 장청도 쉴 새 없이 검을 베고 찔렀다. 하지만 둘은 내공이 심후한 대신 검법의 정묘함은 다소 떨어졌다.

이강 역시 종횡무진으로 금성추를 휘둘렀지만, 생각이 없는 망자를 상대해서는 청각에 의지할 수밖에 없기 때문에 일초식에 한 명씩 쓰러뜨리지는 못했다.

또한 진문, 제갈윤, 당호도 제각각 망자를 상대했으나 검을 무기로 쓰지 않기 때문에 한계가 있었다.

반면 세 여인의 검법은 남달랐다.

정영은 쾌속정확하고, 송연화는 정묘했으며, 남궁유는 변화무쌍했다.

세 여인이 검광을 날릴 때마다 망자들이 우르르 쓰러져 나갔다.

이강이 킬킬거리며 말했다.

"사내놈들이 여인 셋보다 못하니 모두 양물을 떼어버리고 환관이나 되자."

"저는 검을 안 쓰니 빼주시죠."

당호가 어깨를 으쓱하며 대답했다.

어느새 차 한 잔 마실 시간이 흘렀다.

공터는 말 그대로 피 웅덩이가 되어 있었다. 안 그래도 검붉은 핏물은 이제 더욱 시뻘겋게 물들어서 발목을 적셨다.

그리고 피 웅덩이의 곳곳에 망자들의 잘린 목과 사지가 둥둥 떠다녔다.

당호가 고개를 절레절레 저으며 중얼거렸다.

"화공이 그림을 그리면 지옥도의 배경으로 딱 어울리겠군요."

"후후후, 진짜 지옥을 못 봤구나. 흑랑성만 해도 이보다 놀랄 만한 곳이 산더미처럼……."

그런데 이강이 중간에서 말을 삼켰다.

그가 소리쳤다.

"당호 놈아, 피해라!"

당호가 영문을 몰라서 어리둥절한 눈으로 이강을 쳐다볼 때였다.

출렁!

당호의 뒤에서 물살이 좌우로 갈라지며 거대한 무언가가 모습을 드러냈다.

촤아아악!

고개를 돌리던 당호가 입을 딱 벌린 채 물었다.

"저게 대체 뭐죠……?"

시커먼 무언가가 점점 위를 향해 뻗어나갔다.

물체는 전체 모습을 알 수 없을 만큼 거대했다. 둘레는 두 팔로 안아도 손이 닿지 않을 정도였고, 길이는 천장에 닿을 정도로 높았다.

일행은 물체가 이름만 들어도 기분 나쁜 어떤 동물과 비슷하다고 느꼈다.

"뱀?"

누군가가 넋을 잃고 중얼거렸다.

하지만 저렇게 거대한 뱀이 세상천지에 존재할 리 없었다.

물체는 마치 혀를 낼름거리듯이 몸을 비틀며 꿈틀거렸다. 또한 끝으로 갈수록 통이 좁아져서 뾰족한 모양을 하고 있었다.

몸에서 검붉은 진액을 뚝뚝 흘리면서 똬리를 트는 그것은 다름 아닌…….

"혈선충의 촉수군."

모두가 말 꺼내기를 두려워하고 있을 때, 무명이 말했다.

"……!"

일행은 입을 딱 벌리고 경악했다.

망자의 입이나 잘려진 목에서 뿜어져 나오던 혈선충의 촉수. 하지만 혈선충은 대개 거머리와 비슷했으며, 크다고 해도 뱀 정도에 불과했다. 반면 눈앞의 괴물은 거머리보다 족히 수백 배는 굵고 커다랬다.

혈선충의 촉수가 거대한 기둥처럼 솟아오른 채 일행을 굽어봤다.

그리고 공격을 시작했다.

부우우우웅!

거대한 촉수가 당호의 머리 위로 떨어졌다.

당호가 옆으로 몸을 날렸다. 촉수가 방금 당호가 있던 자리를 인정사정없이 강타했다.

터엉! 콰아아악!

마치 굵은 채찍으로 바닥을 후려치는 듯한 공격.

당호는 아슬아슬하게 촉수의 공격을 피한 것처럼 보였다. 하지만 거대 기둥 같은 촉수가 바닥을 때리자 엄청난 진동과 함께 핏물이 좌우로 갈라졌다. 때문에 핏물 세례가 해일만큼 강맹하게 당호를 덮쳤다.

"크으윽!"

핏물 파도를 가슴에 정통으로 맞은 당호가 비명을 지르며 날아갔다.

풍덩! 그는 먼 거리를 날아가 피 웅덩이에 떨어졌다.

정영이 소리쳤다.

"당호! 괜찮아?"

"…별로 괜찮지는 않네요."

정영이 당호에게 다가가려고 몸을 돌릴 때였다.

콰아아악! 그녀의 앞에서 물살이 갈라지며 또 하나의 촉수가 솟아올랐다.

"……!"

수면 위로 모습을 다 보이지 않은 촉수가 예고도 없이 공격을 퍼부었다.

부우우웅! 촉수가 곤봉을 치듯이 가로로 몸체를 휘둘렀다.

정영이 위로 뛰어올라 촉수를 피했다. 휘익! 촉수가 허공을 치며 지나갔다. 그녀는 몸을 빙글 돌리며 바닥에 착지하려고 했다.

그런데 촉수의 기다란 몸이 돌팔매를 돌리는 것처럼 한 바퀴를 빙글 돌았다. 그리고 내려오는 정영을 노리고 몸체를 휘둘렀다.

진문의 몸통보다 굵은 촉수가 가느다란 정영의 허리를 후려갈겼다.

순간 정영이 몸을 젖히며 가로로 일(一) 자가 되도록 눕혔다.

발뒤꿈치로 몸을 지탱하며 상반신을 뒤로 눕혀서 적의 공격을 피하는 철판교(鐵板橋)의 수법이었다.

후욱!

촉수가 그녀의 몸을 미끄러지듯이 훑고 지나갔다. 만약 촌각만 늦었더라도 그녀의 뼈마디는 박살 나고 몸은 내상을 입었을 것이다.

계속해서 촉수가 이번에는 몸체를 위로 들더니 당호를 공격하던 것처럼 정영에게 채찍질을 가했다.

하지만 정영은 이미 촉수의 움직임을 읽고 있었다.

그녀가 그대로 몸을 일으키지 않고 발로 바닥을 찼다. 탓! 촉수가 내려오는 찰나, 그녀는 몸을 팽이처럼 빙그르 돌리며 옆으로 튕겨 나갔다.

터엉!

촉수가 바닥을 후려쳤지만 정영의 옷자락 하나 건드리지 못했다.

정영은 훌쩍 몸을 날려서 다시 무명의 옆에 섰다.

"위험하오. 뒤로 물러가 있으시오."

그녀가 무명의 가슴을 밀치며 말했다.

그런데 무명이 고개를 젓는 것이었다.

"뒤라고 안전하지는 않소."

"뭐요? 왜?"

무명이 대답할 필요도 없었다. 공터의 곳곳에서 연이어 물살이 갈라지며 거대 촉수들이 솟아올랐던 것이다.

콰아아아악!

누군가가 감정이 싹 사라진 목소리로 중얼거렸다.

"완전 망했군."

모두의 심정을 대변하는 듯한 말이었다.

촉수들이 무차별로 공격을 시작했다.

터엉! 터엉! 부우우웅!

촉수들은 일행을 위에서 아래로 채찍처럼 패거나 곤봉처럼 옆으로 후려갈겼다.

다행히 촉수는 몸집이 거대해서 어느 쪽으로 움직일지 미리 예측이 가능했다. 일행은 몸을 날려서 촉수들의 공격을 피했다.

하지만 대체 어떻게 반격해야 될지 감이 잡히지 않았다.

마지일이 촉수의 몸통에 검을 찔러 넣었다.

"하앗!

그러나 그가 날린 회심의 일검은 헛수고에 불과했다. 촉수는 피부가 질기고 탄력이 있는 바람에 검 끝이 꽂히기는커녕 튕겨져 나왔던 것이다.

퉁!

이번에는 진문이 진각을 밟으며 촉수를 향해 쌍권을 휘둘렀다. 퍼펑!

하지만 마찬가지였다. 촉수는 잠깐 몸통이 푹 들어가며 움찔거렸지만, 아무런 충격을 받지 않았는지 다시 진문에게 채찍질을 가하는 것이었다.

일행은 너무 어처구니가 없다 보니 헛웃음이 나왔다.

마지일 역시 웃음소리에 처음으로 기운이 빠져 있었다.

"하하하, 뭐 이런 괴물이 다 있지? 하하하……."

곧 그가 화를 터뜨리며 소리쳤다.

"평생 일당백을 목표로 무공초식과 내공심법을 수련했는데,

이제 와서 괴물을 상대하라고? 왜 진작 이런 괴물이 존재한다고 아무도 말하지 않은 거냐? 응?"

일행은 모두 그 말에 동감했다. 마지일의 분노는 딱히 누군가를 향하고 있지 않았다.

그것은 세상에 절대 있어서는 안 될 무언가를 목격한 사람의 절규였다.

촉수들의 공격이 계속되었다.

일행은 간신히 공격을 피하고 있었지만, 한계가 있을 게 뻔했다.

공격을 받기만 하고 반격하지 못하면 피로는 두 배, 아니, 세 배 이상으로 몰려온다. 게다가 촉수는 어딜 봐도 피로를 느낄 것 같아 보이지 않았다.

일행이 피하는 데 급급하고 있을 때, 무명이 소리쳤다.

"모두 가장자리로 피하시오!"

촉수는 피 웅덩이 곳곳에서 튀어나왔지만 끝이 공터의 중앙과 연결되어 있는 것 같았다. 즉 괴물의 목구멍에서 나온다는 뜻이었다.

"공터 중앙에서 가능한 한 떨어지시오!"

일행도 그의 말이 무슨 뜻인지 알아차렸다.

그런데 그들이 땅을 박차고 뛰어오르려 할 때였다.

우르르르릉!

갑자기 바닥이 전후좌우로 흔들리며 요동쳤다. 그 바람에 일행은 쓰러지지는 않았으나 몸을 날릴 기회를 놓치고 비틀거렸다.

장청이 말했다.

"뭐지? 지진인가?"

"그런 것 같아요. 빨리 여기를 피해야……."

그때 두 번째 진동이 공터를 뒤흔들었다.

구우우우웅! 이번 진동은 먼젓번 것보다 몇 배 이상 셌다. 송연화가 말을 하다 말고 피 웅덩이에 무릎을 꿇었다. 첨벙!

경신법이 가장 뛰어난 송연화가 무릎을 꿇을 정도니, 다른 자들은 볼 것도 없었다.

일행은 모두 바닥에 손을 대고 무릎을 꿇거나 꼴사납게 넘어져 버렸다.

첨벙! 풍덩! 철푸덕!

당호가 물었다.

"촉수들이 지진을 일으켰군요! 빨리 이동합시다!"

"그게 아닌 것 같아요."

대답하는 송연화의 목소리가 떨리고 있었다.

그녀는 한 손을 피 웅덩이 속에 찔러 넣어 바닥을 더듬고 있었다. 곧 그녀가 입을 열었다.

"이건 지진이 아니에요."

"하하하, 지진이 아니라고? 그럼 대체 뭐란 말이지?"

"바닥이 이상해요. 이 밑이 돌로 되어 있지 않아요. 이건 마치…….”

그녀가 침을 꿀꺽 삼킨 다음 말했다.

“살아 있는 것 같아요.”

“뭐? 말이 되는 소리를 해라! 바닥이 살아 있다니…….”

마지일이 분통스러워하며 소리칠 때였다.

공터 전체가 엄청난 굉음을 터뜨렸다.

구워어어어어!

무공을 수련하지 않은 사람이라면 귀청이 멍멍한 것을 넘어서 정신을 잃을 만한 굉음.

일행은 눈썹을 찌푸리며 중심을 잃지 않으려고 애썼다. 무명이 어지러움을 느끼고 몸을 비틀거리자, 옆에서 정영이 팔을 붙들고 부축했다.

그때 이강의 말이 일행을 다시 한번 충격에 빠뜨렸다.

“여긴 괴물의 입속이다.”

“…….”

일행은 믿기지 않는다는 눈으로 서로를 쳐다봤다.

당호가 넋을 잃고 중얼거렸다.

“살아 있는 괴물의 입속이라고요? 웃기지 마십쇼. 그런 일이 세상에 가능할 것 같습니까?”

하지만 그의 반문은 이어지는 이강의 말에 힘을 잃고 말았다.

“흑랑성에도 이런 괴물이 있었다. 그때 네놈들의 멍청한 선

배인 창천육조는 괴물의 입이 아니라 배 속까지 들어갔다지?"

"……."

"알량한 지식 갖고 세상천지를 다 아는 것처럼 나대지 마라. 그러다 개죽음당한다."

이강이 창천칠조의 선배를 비웃었지만, 그들 누구도 반박하지 못했다. 눈앞에 드러난 사실이 그의 말을 입증하고 있었기 때문이다.

바닥은 이제 그냥 흔들리는 것이 아니라 살아서 꿈틀거리기 시작했다.

구억구어어구워어억…….

마치 산 채로 잡아먹힌 먹이가 뱀의 배 속에서 움직일 때처럼, 바닥은 곳곳이 울룩불룩 튀어나왔다가 가라앉기를 반복했다.

일행은 이제 모든 사실을 깨달았다.

피 웅덩이가 가운데로 갈수록 깊어지는 것은 괴물의 목구멍이었기 때문이다.

수십 명 이상 되는 망자들이 어딘가에서 갑자기 나타난 것도 이해가 됐다. 그들은 괴물의 배 속에 있다가 침입자가 들어오자 피 웅덩이 위로 올라왔던 것이다.

그리고 공터를 빙 둘러서 천장 높이까지 솟아올라 있는 새하얀 기둥들은…….

당호가 침을 꿀꺽 삼키며 말했다.

"괴물의 이빨이었군요."

공터의 정체는 땅속 깊숙이 자리를 잡은 채 위를 향해 아가리를 벌리고 있는 거대한 괴물이었다.

일행은 충격을 받아 머리가 텅 비어버렸다.

항상 냉철함을 잃지 않던 무명 역시 충격이 적지 않았다.

'산해경이 아니었군.'

무명은 책가도에서 산해경이 꽂힌 위치에 망자비서가 있으리라 짐작했었다.

하지만 추측은 보기 좋게 빗나가고 말았다.

게다가 치명적인 실수까지 저질렀다.

산해경은 천하 각지의 기이한 장소와 동식물이 기록되어 있는 서책이다. 그런데 생각해 보니 공터 전체가 괴물의 입속인 이곳이 바로 산해경과 딱 들어맞지 않은가?

'내 실수다.'

무명은 입술을 질끈 깨물었다.

책가도만 보고 망자비서의 위치를 정확히 맞추는 것은 불가능했다. 그러나 괴력난신의 이야기가 수록된 산해경의 자리라면 정체 모를 위험이 도사리고 있을 거라고 짐작했어야 됐다.

무명은 생각했다.

'그렇다면 망자비서는 대체 어디에 있는 걸까?'

하지만 고개를 저으며 생각을 접었다. 지금은 이 지옥에서 빠져나가는 게 급선무였다.

무명은 빠르게 고개를 돌리며 탈출구를 찾았다.

그때 멀리 공터 끄트머리에서 움푹 들어간 곳을 발견했다. 그가 육안룡의 빛줄기를 그쪽을 향해 돌렸다.

틀림없었다. 공터에 연결된 또 다른 통로였다.

무명이 일행을 향해 소리쳤다.

"통로를 발견했소!"

"정말입니까? 그게 어디죠?"

"모두 나를 따라오시오. 정영, 좀 도와주시오."

무명이 통로 방향을 가리키자, 정영은 한쪽 팔로 그를 안은 뒤 위로 도약했다. 그리고 촉수들을 피해서 공터 중앙을 훌쩍 뛰어넘었다.

정영이 사뿐히 착지해서 무명을 내려놨다.

무명은 다시 한번 감탄했다. 정영의 경신법은 송연화처럼 화려하지는 않았으나 사일검법처럼 신속하고 정확했던 것이다.

무명이 이마에 묶은 끈을 푼 다음 육안룡을 높이 치켜들었다.

"이쪽이오!"

습기가 가득 찬 공터에서 한 점의 빛이 아지랑이를 뚫고 반짝 빛났다.

덕분에 일행은 출구가 있는 쪽을 알아차렸다.

"그쪽입니까? 알겠습니다!"

당호가 빛이 비치는 곳을 향해 몸을 돌렸다.

그때였다.

좌아아악! 당호의 뒤에서 지금까지 봤던 것 중에 가장 거대한 촉수가 물살을 헤치고 솟아올랐다. 그리고 문어발처럼 당호의 몸통을 휘감은 뒤 공중 높이 들어 올렸다.

"으아아아악!"

"당호!"

송연화가 당호를 낚아챈 촉수를 향해 몸을 날렸다.

거대한 촉수가 당호의 허리를 뱀처럼 휘감았다.

"커헉!"

당호가 비명을 토했다. 그의 입에서 선혈이 쏟아지지 않은 게 다행일 정도였다.

하지만 촉수가 그의 몸통을 졸라서 큰 내상을 입는 것은 시간문제였다.

"하앗!"

송연화의 신형이 화살처럼 촉수를 향해 날아갔다.

그녀가 촉수의 굵은 몸통에 발을 디뎠다. 순간 그녀는 마치 계단을 오르는 것처럼 촉수를 밟고서 위로 뛰어 올라갔다.

타타타타탓!

한 자루 검을 비껴든 채 촉수를 타는 그녀의 신형은 한 폭의 그림과도 같았다.

송연화는 촉수 끄트머리까지 오자 위로 훌쩍 뛰어올랐다. 그리고 검을 빙글 돌려서 거꾸로 잡았다.

"하아아앗!"

그녀가 두 손으로 검 자루를 잡은 채 공중 높은 곳에서 떨어졌다. 그리고 당호를 휘감고 있는 촉수의 중간에 거꾸로 쥔 검날을 박아 넣었다.

마지일과 진문의 공격에 꿈쩍도 안 하던 촉수의 피부.

그러나 그녀 자신의 몸무게와 내공이 검에 실리자 상어 가죽 같던 피부도 버티지 못했다.

물컹… 쑤우우욱!

검날이 촉수의 피부를 뚫고 반대편으로 튀어나왔다.

이어서 그녀는 거꾸로 쥔 검 자루를 다시 제대로 잡았다. 그리고 촉수 몸통에 두 발을 딛고 전신의 힘을 검에 쏟아부었다.

"흐어업!"

검날이 크게 반원을 그리며 허공에 검광을 번쩍였다.

써억! 당호의 허리를 휘감은 촉수 부분이 마치 도끼로 팬 장작처럼 몸체에서 떨어져 나갔다.

공터가, 아니, 괴물의 입이 비명을 질렀다.

구워어어어어!

괴물의 입이 전후좌우로 흔들며 고통에 몸부림쳤다. 천지가 뒤집히는 진동에 공터 바닥이 일 장이 넘게 위로 떠올랐다가 급하게 가라앉았다.

출렁!

일행은 공중에 붕 떠올랐다가 바닥에 떨어졌다. 하지만 바닥이 진동한다는 것을 이미 경험한 그들은 허공에서 균형을 잡고 두 발로 착지했다.

하지만 당호는 여전히 안전하지 못했다.

송연화가 끝을 절단했지만 촉수는 계속해서 당호의 가슴을 꽉 조이며 떨어지지 않았던 것이다.

"아아아앗!"

당호가 허리에 촉수가 휘감긴 채 추락했다.

송연화가 공중에서 몸을 비틀었다. 그리고 두 팔을 몸에 딱 붙인 채 온몸이 화살이 된 것처럼 당호를 향해 날아갔다.

쉬이이익!

허공에서 자유자재로 몸을 날리는 경신법. 곤륜파 운룡대팔식의 수법이었다.

송연화가 당호를 향해 손을 뻗었다.

"잡아!"

당호가 힘겹게 손을 내밀었다. 송연화가 그 손을 붙들었다.

탁!

이어서 그녀는 첨단이 잘려서 몸부림치는 촉수의 몸통을 연속해서 발로 찼다.

퍼퍼퍼퍼퍽!

그녀가 떨어지는 것과 반대 방향으로 발을 차자 둘의 추락 속도가 확 줄어들었다.

송연화는 당호의 손을 잡고 낙엽처럼 느릿느릿 지상을 향해 내려왔다. 그녀는 공중으로 뛰어올라 촉수를 벤 것도 모자라 추락하는 당호를 무사히 구출하는 것까지 성공해 낸 것이다.

그녀의 무위는 이강을 제외하면 일행 중에서 가장 뛰어났다.

특히 곤륜파의 운룡대팔식을 이용한 경신법은 누구도 흉내 낼 수 없는 경지였다.

마지일이 쓴웃음을 지으며 중얼거렸다.

"얼굴과 몸매만 그럴싸한 년인 줄 알았더니……."

색을 밝히는 파락호 마지일조차 송연화의 무위를 인정할 수밖에 없었다.

그런데 무명이 무엇을 봤는지 소리쳤다.

"혁낭을 잡으시오!"

당호가 공중에서 몸이 거꾸로 뒤집히는 바람에 어깨에 메고 있던 혁낭이 떨어졌던 것이다.

휙! 송연화가 혁낭 끈을 향해 검을 뻗었다.

그러나 경신법의 고수인 그녀도 한 손으로 당호를 부축한 채 공중에서 떨어지면서 멀찍이 있는 혁낭까지 챙기는 것은 무리였다.

검끝에 아슬아슬하게 걸렸던 끈이 그만 쏙 빠지고 말았다.

"망할 자식!"

송연화의 아름다운 입술이 욕설을 내뱉었다.

혁낭은 그대로 밑을 향해 떨어졌다.

"정영!"

무명이 소리쳤다.

"혁낭이 떨어지기 전에 잡으시오!"

정영이 몸을 날렸다.

실은 그녀는 무명이 왜 혁낭을 잡으라고 하는지 알지 못했다. 그러나 무명의 명을 듣는 순간 반사적으로 몸을 움직였다.

촤촤촤촤촤!

그녀가 물 위에 떠서 달리는 것처럼 피 웅덩이를 질주했다.

달리는 중에 그녀는 무명이 왜 명을 내렸는지 깨달았다. 혁낭이 공중에서 뒤집히면서 속에 있던 내용물이 밖으로 빠져나왔던 것이다.

산서 벽력당의 폭뢰들은 바닥에 떨어진다고 해도 상관없었다. 폭뢰는 화섭자로 심지에 불을 붙여야 폭발하니까.

하지만 연막탄은?

병이 깨지면 액체가 뒤섞이면서 연기가 나온다!

뒤늦게 그 사실을 깨달은 일행은 긴장하며 정영을 지켜봤다.

그러나 혁낭이 떨어지는 곳까지 달려간 정영은 허탈한 눈으로 허공을 쳐다봤다. 공중에서 혁낭이 몇 번씩 뒤집히는 바람에 연막탄들이 여기저기로 흩어지며 떨어졌던 것이다.

정영이 신음을 흘렸다.

"이럴 수가……."

십여 개의 연막탄들이 공터 벽면과 피 웅덩이 수면에 충돌해서 박살 났다.

챙강! 푸시시시시…….

공터 전체에 희뿌연 연기가 퍼져 나갔다.

안 그래도 습기가 자욱하던 곳에 산서 벽력당의 연막까지 더해지자 공터는 한 치 앞도 보이지 않게 되었다. 육안룡의 빛줄기조차 연막을 단 일 척도 뚫지 못했다.

그리고 아수라장이 펼쳐졌다.

키에에에엑!

망자들이 피 웅덩이 속에서 몸을 일으켜 일행을 덮쳤다.

"크윽! 망자가 또 나타났다!"

"이런 제기랄! 뭣 하고 있어? 이쪽으로 피해!"

"한두 군데가 아냐! 우린 이미 포위당했다고!"

연막 속에서 일행의 비명과 외침이 반복해서 들렸다.

특히 제갈윤은 정신이 완전히 나갔는지 미친 듯이 소리를 질러댔다.

"여긴 지옥이야! 지옥이라고! 우린 죄다 죽을 거야! 여기서 나가지 못하고 괴물의 배 속으로 들어가 잡아먹힐 거야!"

장청이 제갈윤을 다그치며 말했다.

"제갈윤, 정신 차리시오!"

"아아악! 여기 망자가 나왔다!"

"당신은 제갈세가의 후예가 아니오? 정신을 차리고 망자를 물리치시오!"

장청은 아무 도움 안 되는 뻔한 말을 명령이랍시고 외쳤다. 다른 자들도 눈앞으로 달려드는 망자를 피할 뿐, 당황해서 허둥거리기는 마찬가지였다.

단 한 명만이 침착하게 망자를 처치했다.

원래 눈이 안 보여서 연막이 아무 방해가 안 되는 자, 바로 이강이었다.

퍼퍼퍼퍽!

금성추가 연막 속을 종횡무진하며 망자들을 때려눕혔다.

갑자기 금성추는 망자가 아니라 다른 곳을 향해 날아갔다.

촤르르르! 철컥!

뜻밖에도 금성추가 휘감은 것은 정영의 손목이었다.

정영이 깜짝 놀라 말했다.

"뭐지? 설마 지금 와서 무림맹에 반역하려는 것이냐?"

"그게 아니다, 이 답답한 년아."

이강이 한숨을 쉬며 말했다.

"서생 놈을 지켜라. 여길 탈출하려면 놈의 안전이 가장 중요하니까."

그가 팔을 기이하게 비틀며 끈을 잡아챘다. 그러자 금성추가 정영을 몇 걸음 옆으로 끌어당겼다. 그리고 그녀가 이동한 곳에 무명이 있었다.

무명이 물었다.

"괜찮소?"

"내 걱정은 마시오. 그보다 내가 당신을 호위하겠소."

만약 제갈윤 같은 자라면 코웃음을 치며 무시했을 말이었다.

하지만 무명은 자신의 처지를 잘 알았다. 강호의 일개 서생이 체면을 앞세울 때가 아니었다.

"알았소."

무명은 고개를 끄덕이며 그녀의 등 뒤에 숨었다.

일행은 불과 몇 걸음 떨어지지 않은 곳에 있었다. 그러나 자욱한 연막에 가려서 서로가 어디에 있는지 위치를 알 수 없었다.

그때 계속해서 금성추 소리가 연막 속을 가로질렀다.

촤르르! 촤르르륵!

"이쪽으로 와라, 두 눈 뜬 소경들아!"

이강은 정영을 무명 쪽으로 인도한 것처럼 금성추를 날려서 한 명씩 끌어당겼다. 그 덕분에 몇 명이 이강 주위로 모일 수 있었다.

하지만 위기는 끝나지 않았다.

잠시 핏물 속으로 들어갔나 싶었던 촉수들이 다시 수면 위로 떠오른 것이었다.

동시에 괴물이 굉음을 내지르며 공터를 진동시켰다.

콰아아아악! 구워어어억!

순간 피 웅덩이의 중앙이 크게 부풀어 올랐다. 이어서 마치 술주정뱅이가 음식을 토해내는 것처럼 엄청난 수의 망자들을 쏟아냈다.

푸와아아악!

공터의 중앙, 즉 괴물의 배 속에서 망자 떼가 핏물을 헤치며 꾸역꾸역 몰려나오기 시작했다. 키에에에엑! 망자들의 수가 어찌나 많은지 연막이 아지랑이처럼 이리저리 흩어질 정도였다.

당호가 소리쳤다.

"망자가 백 명, 이백 명, 아니, 수백 명도 넘습니다!"

"히이이익! 우린 이제 몽땅 죽었어! 뒈졌다고!"

제갈윤은 정신 줄을 완전히 놓아버린 것 같았다.

장청이 물었다.

"망자가 너무 많아! 제갈공자, 부적을 써도 되겠소?"

다들 그 말을 듣고 쓴웃음을 지었다. 제갈윤은 공포에 질려서 제정신이 아닌데, 그에게 무슨 질문을 한단 말인가?

제갈윤이 대답이 없자, 장청은 품에서 그에게 받은 부적 한

장을 꺼내 들었다.

바로 폭혈화부(爆血火符)였다.

그때 무명이 무슨 생각이 떠올랐는지 소리쳤다.

“장청! 부적을 함부로 썼다가는 위험하오!”

그러나 장청은 코앞으로 달려드는 망자를 무영퇴법으로 차 버린 뒤, 쓰러지는 망자의 가슴팍에 폭혈화부를 붙인 뒤였다.

순간 망자가 숨이 턱 막히는 소리를 내며 동작을 멈췄다.

“끄어억?”

망자의 전신이 겨울밤의 난로처럼 시뻘겋게 달아올랐다. 동시에 바람을 잔뜩 넣은 축국 공처럼 부풀어 오르기 시작했다.

무명이 소리쳤다.

“피하시오!”

그제야 장청도 실수했다는 것을 깨달았다.

그는 몸을 돌려서 미친 듯이 도망쳤다. 하지만 때는 이미 늦었다.

퍼어엉!

커다란 공처럼 부풀던 망자가 피부가 산산이 찢어지며 폭발했다.

망자의 살점과 핏물이 사방팔방으로 튀었다. 푸쉬시시식!

제갈세가가 흑랑비서를 보고 제작한 부적 폭혈화부의 위력은 가히 대단했다. 제갈윤이 망자를 상대로 천하무적이라고 자신할 만한 정도였다.

하지만 장청이 한 가지 간과했던 게 있었다.

폭혈화부를 망자에 붙이면 기혈이 끓어올라 폭발하면서 핏물은 독혈로 변한다. 독혈이 묻은 망자 역시 폭발한다. 그리고 독혈은 주변 모든 것을 녹여 버리는 것이다.

그런데 망자들이 가득 들어찬 공터에서 폭혈화부를 쓴다면?

무명이 걱정했던 사태가 현실로 드러났다.

공터 중앙에서 쏟아져 나오던 망자들이 독혈을 맞고 연쇄폭발을 일으켰던 것이다.

펑펑펑펑펑!

이윽고 주위에 검붉은 피의 폭우가 쏟아졌다.

쏴아아아아아!

일행 다수는 공터 가장자리에 있었기 때문에 폭우에 맞지 않았다. 하지만 망자에게 직접 폭혈화부를 붙였던 장청은 폭우 세례에 정통으로 노출되고 말았다.

돌바닥도 구멍을 뚫는 독혈이 장청의 상반신에 쏟아졌다.

치지지직! 독혈이 불에 달군 인두로 지진 것처럼 장청의 의복과 살갗을 녹여 버렸다.

"아아아아악!"

장청이 얼굴을 부여잡으며 바닥에 쓰러졌다.

순간 이강이 금성추를 날렸다. 어둠 속에서 날아온 금성추가 정확히 장청의 발목에 감겼다. 철컥!

"흐아앗!"

이강이 팔을 비틀며 끈을 잡아채자 장청의 몸이 금성추에 이끌려서 붕 떠올랐다. 그리고 일행이 있는 곳으로 날아와 떨어졌다.

송연화가 장청을 부축해서 일으켰다.

"괜찮아?"

"크으윽! 어, 얼굴이 독혈에……."

그의 얼굴과 상반신은 독혈을 통째로 받아서 만신창이가 되어 있었다. 하지만 다행히 목숨에는 지장이 없는 것 같았다.

이강이 소리쳤다.

"이쪽은 일단 왔던 통로로 다시 나가겠다! 서생 놈아, 너는 어찌할 셈이냐?"

그때 무명과 정영 쪽에도 일행 몇 명이 연막을 뚫고 간신히 모였다.

"우리는 내가 발견한 통로로 들어가겠소!"

"좋다. 죽지 말고 살아남아라!"

둘은 말을 마치기가 무섭게 서로 반대쪽으로 몸을 돌렸다. 그리고 자신에게 모인 일행을 이끌고 통로를 향해 달렸다.

7장.

망자비서를 찾아라

흑랑비서의 부적 폭혈화부의 위력은 과연 대단했다.

독혈을 맞은 망자들은 몸이 고무공처럼 부풀다가 끝내 터져 버렸다.

꾸웨에에엑!

공터의 중앙, 아니, 괴물의 입속에서 쏟아져 나오던 망자들이 연쇄 폭발을 일으켰다.

펑펑펑펑! 쏴아아아!

검붉은 독혈이 곳곳에 쏟아졌다. 공터는 순식간에 지옥으로 변했다.

일행은 폭발하는 망자들을 피해서 가장자리로 달렸다. 그

바람에 일행은 두 무리로 나누어졌다. 무명과 이강이 각각 한 무리를 이끌었다.

무명이 연막을 뚫고 뛰어오는 일행에게 소리쳤다.

"빨리 이쪽으로!"

무명은 공터에 연결된 통로 쪽으로 달렸다. 정영이 옆에서 그를 호위했다.

그때 무언가가 핏물 위를 둥둥 떠다니다가 무명의 발목에 부딪쳤다. 무명은 물건이 무엇인지 깨닫고는 얼른 집어서 품속에 넣었다.

일행은 다급히 통로로 들어갔다. 그리고 뒤도 돌아보지 않은 채 달렸다.

그렇게 수십여 장을 달렸을 때였다.

갑자기 일행은 전신에 오싹 소름이 돋는 것을 느꼈다.

"한빙석 방이군."

일행은 걸음을 멈추고 뒤를 돌아봤다. 이상하게도 통로에는 망자들의 모습이 보이지 않았다. 망자들은 한빙석 방에 들어올 수 없지만, 그 전에 공터에서 통로까지 추격해 오지도 않았던 것이다.

"왜 망자들이 오지 않는 거지?"

"괴물이 다쳤기 때문이 아닐까 싶소."

누군가가 중얼거리자 무명이 대답했다.

다들 그 말에 고개를 끄덕였다. 폭혈화부가 망자들을 무차별로 터뜨리는 바람에 괴물 또한 상처를 입었으리라고 여겨졌던 것이다.

그제야 일행은 안도의 한숨을 쉴 수 있었다.

그때였다.

통로 저편에서 한 줄기 목소리가 일행의 귓가를 파고들었다.

"서생 놈아, 살아 있냐?"

목소리의 주인은 이강이었다.

일행은 깜짝 놀라며 서로를 쳐다봤다.

이강은 공터 반대편의 통로로 도주하지 않았던가? 그런데 이강의 목소리가 통로와 공터를 지나친 뒤 다시 무명 일행이 있는 곳까지 다다랐으니, 그의 내공이 얼마나 심후한지 가늠할 수 없었던 것이다.

"살아 있냐고? 안 죽었으면 대답해라."

이강의 목소리는 마치 바로 옆에서 귀에다 대고 말하는 것처럼 또렷했다.

무명은 난감했다.

"살아는 있지만 대답할 방법이 없군."

그가 쓴웃음을 지으며 중얼거렸다.

그런데 옆에서 누군가가 입을 열었다.

"말하시오. 내가 대신 전해주겠소."

그는 다름 아닌 진문이었다. 진문은 정영과 함께 무명 쪽으로 도망친 자들 중 하나였다.

지금 무명의 옆에 있는 일행은 모두 네 명이었다.

정영, 진문, 마지일, 제갈윤.

무명이 말했다.

"모두 무사하다고 말하시오."

진문이 고개를 끄덕인 뒤 크게 숨을 들이마셨다. 그리고 통로 저편을 향해 뒷짐을 지고 서더니 굉음을 토해냈다.

"모두 무사하오!"

쩌러러렁!

"크윽!"

일행은 머리가 뒤흔들리는 충격에 신음을 내뱉었다.

무명은 이미 어떤 일이 벌어질지 짐작했기 때문에 양 손바닥으로 귀를 틀어막고 있었다. 하지만 진문의 내공이 실린 목소리를 손바닥으로 막기는 역부족이었다. 그는 뇌가 진탕되는 고통을 느꼈다.

이어서 이강의 말이 들렸다.

"여기도 안전하다. 그래, 이제 어떡할 셈이냐?"

진문의 목소리가 천둥 벼락처럼 머리통을 울린다면, 이강의 목소리는 가을에 내리는 비처럼 귓속을 편안하게 파고들었다.

모두가 대답을 기다리고 있을 때, 무명이 입을 열었다.

"우리는 망자비서를 찾을 것이오."

"뭐라고?"

제갈윤이 화들짝 놀라며 반문했다.

"이대로 계속 잠행을 계속하자니, 미친 것 아니냐? 지금 상황이 어떤지 모르냐?"

"열 명이던 일행이 정확하게 다섯 명씩 둘로 나뉘었소."

"…알고는 있군."

무명이 침착하게 말하자, 제갈윤은 말문이 막히는지 뜸을 들이다가 말을 이었다.

"잘 아는 놈이 그딴 소리를 해? 일행이 절반이 되었으니 당장 도망치는 게 상책이다!"

"도망치자고? 어디로?"

이번에는 거꾸로 무명이 물었다.

"설마 괴물의 입속을 다시 지나가자는 말이오? 아니면 다른 탈출구라도 알고 있소?"

"그, 그건… 여기 길 안내는 네놈이……."

"그렇소. 이곳의 길은 나밖에 모르오. 그리고 괴물의 입까지 지나온 이상 망자비서를 찾아서 나가야 되지 않겠소?"

"……."

제갈윤은 더 이상 할 말이 없는지 침음했다.

정영이 물었다.

"하지만 괴물… 공터에 망자비서가 있다고 하지 않았소?"

"미안하오. 그 점은 내 실수요."

제갈윤이 다시 한번 책망했다.

"하하하! 이제 와서 실수라고? 잠행이 그리 쉬운 줄 알았다면 오산이다!"

그러나 무명의 다음 말에 제갈윤은 꿀 먹은 벙어리 꼴이 되었다.

"맞소. 망자비서를 단 한 번에 쉽게 찾을 것이라 생각했던 것부터 잘못이었소."

"그건 그렇지만……."

"일행이 절반으로 줄었지만 상관없소. 원래 잠행은 인원이 적을수록 들킬 위험도 낮아지지 않소?"

"……."

제갈윤은 결국 말을 흐리며 입을 다물었다.

무명이 진문에게 고갯짓을 했다. 진문이 재차 굉음을 내질렀다.

"우리는 망자비서를 찾겠소!"

쩌러러렁! 정영, 마지일, 제갈윤은 눈썹을 찡그렸고, 무명은 양손으로 귀를 틀어막았다.

곧 이강의 말이 들렸다.

"서생 놈, 고집 한번 대단하군. 어차피 여기까지 들어왔는데 탈출하는 것도 쉽지 않으니 망자비서라도 반드시 찾아야겠다는 말이냐?"

그의 말은 정곡을 찌르는 것이었다.

"알았다. 돕고 싶지만 괴물 입속을 지나갈 수 없으니 우리는 그냥 탈출하겠다."

"어떻게 나갈 생각이오!"

"소림 땡초 놈, 목소리 한번 우렁차군. 팔 층 전각으로 나갈 생각이다."

"망자 소굴에 다시 들어가겠다고?"

"달리 방법이 없지 않냐? 네놈들 걱정이나 해라, 후후후."

진문이 무명을 쳐다보며 다음에 무슨 말을 할지 기다렸다.

그런데 정영이 앞으로 나서며 말했다.

"장청이 괜찮은지 물어주시오."

그녀는 입술을 굳게 다물고 있었으나 얼굴에는 수심이 가득 차 있었다. 장청은 항상 정영을 챙겨주곤 했는데, 그런 그가 독혈을 뒤집어썼으니 걱정이 되는 것이었다.

"장청은 괜찮소?"

"목숨은 부지할 테니 걱정 말라고 전해라."

진문이 바라보자 정영은 무슨 말을 더 하려다가 입을 다물었다.

"이제 됐소. 고맙소."

그녀는 자신이 장청을 위해 할 수 있는 일이 없다는 것을 깨달은 표정이었다.

진문이 마지막으로 굉음을 전달했다.

"모두 무사하시오! 아미타불!"

"후후후, 네놈들도 무사하길 빌겠다. 무량수불."

무량수불(無量壽佛)은 사실 아미타불과 같은 뜻으로, 도가에 몸을 담은 도사들이 입에 자주 담는 도호(道號)였다.

지금 같은 상황에서도 진문이 법호를 외치는 것을 빼먹지 않자, 이강이 재치 있게 도호로 답변한 것이었다. 일행은 자기도 모르게 피식 미소를 지었다.

하지만 웃음은 금세 사라졌다.

생지옥을 계속해서 들어가야 한다는 압박감이 일행의 가슴을 짓눌렀던 것이다.

무명 역시 부담감에서 자유롭지 않았다.

'하필 이런 인원이라니…….'

그는 지금 일행이 썩 마음에 들지 않았다.

'오히려 이강 쪽과 함께하는 게 잠행에 더욱 유리하겠군.'

공터 반대편으로 간 자들은 이강, 장청, 당호, 송연화, 남궁유였다.

큰 부상을 당한 장청은 잠행이 큰 도움이 못 될 터였다.

하지만 송연화와 남궁유는 망자를 상대할 때 없어서는 안 될 검법의 고수였다. 또한 당호는 혁낭을 잃어서 폭뢰가 없다고 하나, 무명이 미처 생각지 못하는 것까지 챙겨주는 지략의 달인이었다.

이강의 무위야 두말하면 잔소리였다.

반면 이쪽으로 온 인원은 정영, 진문, 마지일, 제갈윤이었다.

무명은 일행을 슬쩍 돌아보며 생각했다.

'정영의 사일검법은 분명 망자에게 최강이기는 하다.'

그러나 그녀는 검법 말고 지나치게 외골수로 보이는 게 단점이었다. 위기에 처해서 독한 선택이 필요한 순간 과연 그녀를 어디까지 믿을 수 있을지 의문이었다.

또한 소림승 진문도 위치가 애매했다.

'진문의 장점은 외가무공이다. 하지만…….'

외가무공이 망자를 상대로 어디까지 통할 수 있을까? 진문이 예상외의 활약을 보이면 잠행은 훨씬 수월할 것이다. 그러나 만약 반대의 상황이 펼쳐진다면…….

'진문은 없느니만 못한 존재가 되겠지.'

그나마 정영과 진문은 믿을 수 있는 일행이었다.

문제는 나머지 둘이었다.

마지일과 제갈윤.

무명은 어이가 없어서 한숨이 나왔다. 왜 이번 잠행조에서 가장 골칫거리인 둘이 하필 무명 쪽 탈출구로 도망쳤다는 말인가?

'이강 말로, 재수 옴 붙은 격이군.'

무공은 고강하지만 색을 밝히는 등 딴생각을 품고 있는 마지일.

책상머리에서 책으로만 세상을 배운 것도 모자라 쓸데없는 자만심에 가득 찬 제갈윤.

열 명을 둘로 나누었을 때 잠행에 가장 안 좋은 자만 일부러 골라낸 것 같은 명단이었다.

무명의 머릿속이 복잡해졌다.

'과연 이들을 이끌고 잠행을 성공시킬 수 있을까?'

어쨌든 선택의 여지는 없었다. 주사위는 이미 오래전에 던져졌으니까.

무명이 말했다.

"이동합시다."

"흥, 길도 모르면서 말은 잘하는군. 이제 어디로 갈 셈이냐?"

"짐작 가는 곳이 있소."

제갈윤이 투덜거렸으나 무명은 간단하게 대답했다. 그리고 몸을 돌려서 통로로 들어갔다.

일행은 서로를 쳐다보다가 그의 뒤를 따라갔다.

한편, 이강 일행도 무명과 반대편을 향해 통로를 이동하고 있었다.

당호는 장청을 부축하면서 걸었다.

독혈을 뒤집어쓴 장청은 목숨은 건졌으나 중상을 입었다. 특히 살갗이 타들어가서 고통이 심했다. 두 눈에 독혈이 들어가지 않은 것만 해도 다행이었다.

그들은 막 천자문의 방에 도착한 참이었다.

더 이상 망자의 추격이 없는 것을 확인하자 이강이 발을 멈췄다.

"잠시 쉬었다 가자."

일행은 벽에 등을 기댄 자세로 숨을 골랐다. 당호는 장청을 푹 쉴 수 있도록 바닥에 앉혔다.

송연화가 이강에게 물었다.

"이제 어떡할 작정이죠?"

"별수 있냐? 팔 층 전각으로 다시 올라가서 탈출하는 수밖에."

"잊었나요? 전각의 위는 십중팔구 황궁의 내원이에요."

송연화가 눈썹을 찡그리며 말을 이었다.

"최근 황상은 좀처럼 내원을 나가지 않고 있어요. 때문에 금위군 정예가 내원에 병력을 집중하고 있단 말이에요. 팔 층 전각으로 나가는 것은 자살행위예요."

"그럼 어떡할까? 처음에 들어왔던 곳으로 돌아갈까?"

이강이 어깨를 으쓱해 보이며 말했다.

"길이 얽힌 미궁을 빠져나간 다음에 수천 명의 병사가 사열해 있는 광장을 통과하면 되겠군. 서생 놈도 없으니 우리 힘만으로 충분하겠지? 후후후."

"……."

송연화는 말문이 막혀서 입을 다물었다.

"나라고 금위군 정예랑 싸우고 싶은 것은 아니다. 하지만 방법이 없지 않냐?"

당호가 끼어들며 물었다.

"여기서 무명 일행이 오기까지 기다리는 것은요?"

"하! 괴물 입속을 지나서 이리 다시 온다고? 네놈 별것 아닌 공포에 질리더니 쓸 만하던 머리가 돌이 됐구나."

"말씀이 심하시군요."

당호 역시 더는 반박할 수 없는지 말을 멈췄다.

"망자한테 산 채로 먹히기보다 금위군에게 잡히는 쪽이 백배 낫다. 나는 팔 층 전각으로 나가겠다. 따라오든지 말든지 네놈들 맘대로 해."

이강은 말을 마치고는 몸을 돌려 방을 나섰다.

일행은 한숨을 쉬고는 다시 이동하기 시작했다.

그런데 선두에 선 이강이 무슨 생각이 났는지 고개를 번쩍 치켜들었다.

"아차! 깜빡 잊어먹었군!"

"뭔데 그러죠?"

"저쪽 놈들 중에 배신자가 있다는 것을 미처 말 못 했다."

"네? 배신자가 있다고요?"

송연화가 깜짝 놀라며 말했다.

"당신 제정신인가요? 어떻게 그걸 무명한테 말하는 걸 잊어먹을 수가 있죠?"

그러나 이강은 곧 평소처럼 음흉한 미소를 짓는 것이었다.

"너무 다그치지 마라. 서생 놈이라면 어떻게든 위기를 벗어

날 테니까."

그리고 한마디 덧붙였다.

"아니, 그놈이라면 이미 알아차리고 있을지도 모르겠군. 후후후."

무명과 함께하는 네 명의 일행, 정영, 진문, 마지일, 제갈윤.

이강이 그들 중에 배신자가 있다고 말했다.

송연화가 물었다.

"그게 대체 누구죠?"

"그걸 왜 말해야 되지? 게다가 놈이 배신할 기미가 있다는 얘기지, 정말 배신할지 아닐지 아직은 모르는데?"

"말도 안 되는 소리! 그걸 알아야 무명에게 도움이……."

송연화가 말을 삼켰다. 이강이 그녀의 생각을 읽었는지 말했다.

"네년도 깨달았군. 그걸 지금 말해봤자 서생 놈한테 아무 도움도 안 된다는 것을."

"……."

"서생 놈한테만 들리게 전음으로 말해주면 좋겠지만, 거리가 너무 떨어져서 불가능하다."

"알고 있어요."

"그렇다고 모두한테 들리도록 그냥 소리칠까? 안 그래도 생지옥에 떨어진 판인데 자신들 중 배신자가 있다는 사실을 알면 다들 어떻게 행동할까?"

"일행끼리 싸우느라 잠행은 엉망이 되겠죠."

"역시 황궁에 세작으로 숨어 있는 년이군. 머리 회전이 빠르단 말야."

당호가 뒤에서 끼어들며 물었다.

"무슨 얘기입니까? 배신자라니요?"

그는 남궁유에게 잠시 장청을 맡겨두고 앞으로 걸어온 것이었다.

"이강 말이, 무명 일행 중에 배신자가 있다는군요."

"뭐라고요? 왜 그걸 말 안 했죠?"

"깜빡했다."

"하아아, 대체 왜 그러십니까? 그렇게 사대악인 티를 내고 싶으십니까?"

"깜빡 잊어먹었다니까 그러네."

이강이 킬킬거리며 말했다.

"걱정 마라. 서생 놈은 배신자 하나쯤은 쥐도 새도 모르게 처치할 놈이니까."

그 말에 송연화와 당호가 서로를 쳐다봤다. 둘 역시 무명의 일 처리가 전광석화처럼 빠르면서 때로는 평범한 서생답지 않을 만큼 비정하다는 것을 느끼고 있었던 것이다.

그런데 이강이 한마디 말을 덧붙였다.

"어차피 놈들 다섯 명은 한패도 아니니, 배신자가 있든 없든 상관없을지도 모르지."

"구대문파와 오대세가의 결집력을 너무 얕보시는군요."

"뭐라? 네놈들이 언제부터 한패였는데?"

이강이 당호와 송연화를 차례대로 가리키며 반문했다.

"구륜사 결전 때 어느 쪽에 붙을지 저울질하던 사천당문 놈이 결집력을 운운해? 곤륜은 또 어떻고? 여태껏 뒷짐 지고 구경하다가 무림맹의 세가 약해지자 떡고물을 챙기려고 네년을 세작으로 파견한 게 아니냐?"

"그 입 닥쳐요."

"한 번만 더 사문을 욕되게 말씀하시면 참지 않겠습니다."

송연화와 당호의 눈매가 흉흉했다.

그러나 이강은 웃음을 터뜨리며 몸을 돌렸다.

"역시 명문정파 놈들답군. 자기한테 불리한 사실을 들먹이면 정색을 하며 화를 내지, 크하하하하!"

"……."

송연화와 당호는 싸늘한 눈으로 이강의 등을 쳐다봤다.

언제 산산조각으로 부서질지 모르는 살얼음판 같은 일행이었다.

무명 일행은 한빙석 방을 나가 통로를 이동하고 있었다.

통로는 다시 비좁고 어두워졌다. 때문에 일행의 이동속도는 생각만큼 빠르지 않았다.

무명이 선두에 서서 일행을 이끌었고, 정영이 옆에서 그를 호위했다.

후미는 검을 쓰는 마지일이 지켰다.

마지막으로 진문과 제갈윤은 일행의 중간에 서는 진영이었다.

그런데 제갈윤이 중간에 있지 않고 멀찍이 뒤로 떨어졌다. 그리고 마지일과 끊임없이 얘기를 나누는 것이었다.

"백부님은 시체랑 싸운다고 했지 괴물의 입속으로 들어갈 거라고는 말씀한 적 없소."

"그렇군. 여기는 대체 누가 만든 곳이오?"

"나인들 알겠소?"

"흑랑비서에 망자에 대한 비밀이 수록되어 있지 않소?"

"연구가 다 끝나지 않았소. 또한 흑랑비서에 없는 내용이 망자비서에 실려 있을 거란 소문이 강호에 파다하오. 해서 이번 잠행을 한 것인데 누구 때문에 이 지경이 됐으니……."

제갈윤은 말을 흘리며 앞쪽을 노려봤다. 그는 아직까지도 무명 탓에 잠행이 엉망진창이 되었다고 여기는 것 같았다.

통로가 비좁아서 일행의 간격은 멀지 않았다. 둘의 대화는 무명의 귀에 똑똑히 들렸다.

무명은 제갈윤이 그대로 지껄이도록 내버려 두었다.

막 사투를 벌이고 탈출한 참이라 긴장을 풀라는 뜻도 있었다. 하지만 다른 이유가 더 컸다.

'제갈윤에게 더는 기대할 것이 없다.'

무명은 이제 제갈윤을 잠행조의 일원으로 생각지도 않았다.

제갈윤은 발을 절뚝거리며 걸었다. 망자에게 물어뜯긴 곳의 상처가 심한 모양이었다.

정영이 그에게 다가가서 말했다.

"내게 금창약이 있소. 지혈도 가능하오."

하지만 제갈윤은 비웃으며 대답했다.

"점창의 금창약? 됐소. 괜히 상처가 덧나면 어떡하려고."

"……."

그의 말은 같은 구대문파의 하나인 점창파를 크게 업신여기는 것이었다.

그러나 정영은 그를 한번 응시하다가 말없이 고개를 돌렸다. 제갈윤은 고통이 없는 척 허세를 부리며 걸어가 버렸다.

통로는 갈수록 좁아졌다.

일행은 진영을 무시하고 일렬로 걸어야 했다. 두 명이 나란히 통로를 걷는 게 불편했기 때문이다.

그렇게 차 한 잔 마실 시간을 걸었을 때였다.

일직선으로 뻗어 있던 통로가 몇 줄기로 나누어지면서 갈림길이 나타났다.

제갈윤이 비아냥거렸다.

"안 그래도 길을 잃은 판에 미궁이 나왔다? 엎친 데 덮친

격이군."

무명은 아무 대꾸도 하지 않았다. 이상하게도 수많은 갈림길이 처음 오는 장소처럼 느껴지지 않았다.

'이곳은 설마?'

그는 갈림길 하나를 골라서 들어갔다. 틀림없었다. 이미 와 본 길이었다.

"이쪽으로 오시오."

무명은 거침없이 통로 속을 이동했다. 일행은 영문을 모르는 채 그의 뒤를 따랐다.

"뭐지? 갑자기 걸음이 빨라졌는데?"

"지도라도 한 장 그렸나 보지."

"차 한 잔 마실 시간에 지도를 그리다니, 서생 놈 대단한 학사였군. 크크크!"

제갈윤과 마지일은 여전히 킬킬거리며 후미에서 따라왔다.

그런데 정말 지도를 발견한 것처럼 무명이 일행을 어떤 방으로 안내하는 것이었다.

통로를 나와서 방에 들어온 일행은 깜짝 놀랐다.

정영이 물었다.

"지하 깊숙한 곳에 이런 곳이 다 있었소?"

"지상의 황궁처럼 만들어놓은 곳이오. 약방이 없으리란 법은 없소."

무명이 대답했다.

그랬다. 일행이 도착한 곳은 무명이 사대악인과 함께 탈출했던 약방이었다.

화무십일홍 방을 나온 무명은 이강을 따라 약방으로 이동했다. 그는 그때 지나쳤던 갈림길들을 고스란히 암기하고 있다가 지금 일행을 약방으로 이끈 것이었다.

약방은 무명이 탈출했을 때와 달라진 게 없었다. 탁자 위에는 약방문과 침구와 모래시계 등이 놓여 있었다.

가장 눈에 띄는 것은 약장이었다. 다섯 개의 서랍을 빼서 기관진식을 작동시켰던 약장은 여전히 좌우로 갈라진 채로 있었다.

무명은 약장을 보며 생각했다.

'이것으로 탈출로는 확보했다.'

갈라진 약장 너머로 들어가면 불가의 방이 있다. 그곳의 구멍으로 뛰어내리면 천을 타고 미끄러져 내려간 뒤 돌계단이 나온다. 그리고 돌계단은 황궁의 무명 처소로 이어진다.

불가의 방은 미끄러운 천 때문에 거꾸로 올라갈 수 없었다. 때문에 지하 도시로 들어오기 위해 수복화원의 입구를 찾아야 했다.

그런데 지금 불가의 방으로 가는 길을 찾아냈으니, 나중에 탈출할 때 수복화원의 우물이나 팔 층 전각으로 돌아갈 이유가 없어진 것이다.

무명은 속으로 안도의 한숨을 쉬었다.

단지 한 가지 중요한 목표가 남아 있었다.

'탈출은 망자비서를 찾은 후에 한다.'

무명이 생각에 잠겨 있을 때, 제갈윤이 벽에 붙은 약장을 보며 말했다.

"이게 뭐야? 무슨 약장이 둘로 갈라졌지?"

"함부로 기물을 건드리지 마시오. 방에 기관진식이 장치되어 있소."

"그래? 한번 작동시켜 봐라. 몸도 풀 겸 내가 파훼할 테니까."

그는 자신만만한 얼굴이었다. 하지만 무명의 다음 말에 낯빛이 달라졌다.

"기관진식이 작동되면 이 방은 독침이 쏟아질 것이오."

"독침? 저기 있는 탁자를 들어 막으면……."

"벽의 틈새에서 사방팔방으로 독침이 쏟아지면? 당신은 만천화우의 독침 세례를 피할 재간이 있소? 아니면 만독불침의 몸이라도 가진 것이오?"

"……."

제갈윤은 입을 다물고 침음했다.

그때 이강에게 말을 전달한 뒤로 한마디 말도 꺼내지 않던 진문이 입을 열었다.

"무명은 이 방에 기관진식이 장치되어 있다는 걸 어떻게 아시오?"

그 말에 일행의 시선이 무명에게 집중됐다.

무명이 대답했다.

"나는 지하의 다른 기관진식 방에서 정신을 잃은 채 감금되어 있었소."

"그럼 이 방은 물론 그 방의 기관진식도 파훼한 것이오?"

"그렇소."

진문과 정영은 고개를 끄덕이며 무명의 말을 들었다. 마지일조차 어깨를 으쓱거리는 폼이, 무명의 활약을 의심하지 않는 눈치였다. 그런데도 제갈윤은 여전히 비웃음을 그치지 않았다.

정영이 무슨 생각이 떠올랐는지 물었다.

"왜 이런 곳에 감금되었소? 당신을 붙잡은 게 누구요?"

"그건 나도 모르겠소."

무명이 고개를 저었다.

"깨어나 보니 과거의 일이 하나도 기억나지 않았소."

제갈윤이 말했다.

"백부님이 왜 강호의 일개 서생한테 길 안내를 맡겼는지 알겠군. 이미 와본 곳이란 말이지? 한번 지옥을 맛봤으면서 다시 들어온 용기 하나는 가상하군."

"그렇소. 일단 지옥에 들어왔으니 반드시 성과를 내야 하오."

무명은 약방 밖에 몇 갈래로 나뉜 통로를 보며 생각했다.

'저 통로 중 하나는 불가의 방으로 연결된다. 하지만 다른 곳은 어디가 나오는지 모른다.'

그가 결정을 내린 뒤 명령을 내렸다.

"제갈윤, 마지일. 왼쪽에 보이는 통로로 들어가 어떤 곳이 나오는지 확인하시오."

"네놈이 이곳 지리를 알고 있으니 명은 따르마."

"언제 기관진식이 작동할지 모르오. 방이 나오면 모습을 자세히 살핀 뒤 아무것도 건드리지 말고 돌아오시오."

"분부대로 하지."

무명은 다음으로 진문에게 명했다.

"진문은 오른쪽 통로를 맡으시오. 혼자이니 더욱 조심하시오."

"알았소."

"나와 정영은 중간 통로를 조사하고 오겠소."

무명이 잠행조를 셋으로 나눈 것은 나름의 이유가 있었다.

자신은 무공을 모르니 정영이 호위해야 했다.

또한 제갈윤은 발을 다쳤으니 마지일이 함께하는 게 좋았다.

마지막으로 남은 진문은 어쩔 수 없이 혼자 행동해야 했다.

무명이 정영과 함께 가겠다고 하자 마지일이 인상을 찌푸리며 말했다.

"쳇, 좋은 건 대장 놈이 독차지하는군."

"그럼 당신이 정영과 함께 가겠소?"

마지일이 반색을 하며 고개를 끄덕이려고 했다.

그러나 제갈윤이 얼른 말을 가로챘다.

"됐소. 이런 때에도 여색을 밝혀서야 되겠소? 마지일, 갑시다."

"어어, 그러지……."

제갈윤이 마지일을 끌고 왼쪽 통로로 들어가 사라졌다.

무명은 그의 심정이 훤히 들여다보였다.

마지일이 정영과 함께 잠행하면, 자신은 무명과 같이 가야 하는 것이다.

제갈윤이 절대 선택할 리 없는 잠행조였다.

"우리도 이동합시다."

"조심하시오."

무명, 정영은 진문과 눈빛을 주고받은 뒤 각자 맡은 통로로 들어갔다.

통로는 갈수록 점점 좁아졌다.

특히 좌우 폭은 물론 높이가 낮아져서 키가 큰 진문은 머리를 숙여야 될 것 같았다.

당연히 온통 암흑천지였다.

무명과 정영은 육안룡 빛줄기에 의지해서 발을 옮겼다.

이번에는 정영이 앞장을 서고 무명이 뒤를 따라갔다.
비좁은 통로에서 갑자기 망자라도 나타나면 큰일이니까.
아무 말 없이 걷던 정영이 입을 열었다.
"그래서, 으흠."
그녀는 특유의 쉰 듯한 목소리로 헛기침을 했다.
"아직도 기억이 돌아오지 않은 것이오?"
"그렇소. 내 이름이 원래 뭐였는지도 모르겠소."
"그래서 이름이 무명(無名)……."
정영은 무례라고 생각했는지 말을 흐렸다.
"괜찮소. 실은 그건 이강이 지어준 이름이오."
"이강이? 그럼 그자도 설마 여기서 만났단 말이오?"
"맞소. 정신을 잃고 있을 때 그자가 전음을 보내 나를 깨웠소. 차라리 그때 못 들은 척했으면 어땠을까 하고 매일 밤 자기 전에 후회한다오."
"하하하, 그렇소?"
정영은 웃을 때도 남자처럼 웃었다.
무명은 남자처럼 행동하는 정영도, 또 매번 존대를 하는 송연화도 어딘가 어색했다.
차라리 제멋대로인 남궁유가 말투만은 가장 자연스러운 것 같았다.
무명이 쓴웃음을 지으며 말을 이었다.
"기억도 없이 눈을 떴는데 하필 강호 사대악인을 몽땅 만났으니, 재수 옴 붙은 격이었소."

그때였다.

정영이 발을 멈추더니 고개를 홱 돌리며 물었다.

"강호 사대악인을 모두 만났다고?"

그녀의 얼굴이 어느새 얼음처럼 냉랭해져 있었다.

정영이 싸늘하게 식은 목소리로 말했다.

"강호 사대악인을 직접 만났다는 말이오?"

"그렇소."

무명은 자기도 모르게 침을 꿀꺽 삼켰다.

정영의 눈빛이 척사검으로 일검일살을 펼치는 것처럼 날카로웠기 때문이다.

"사대악인이 왜 이 지하 감옥에 있었소?"

그녀의 목소리에 웃음기가 싹 사라져 있었다. 무명은 판관에게 심문을 받는 듯한 기분이 들었다.

"그들 역시 나처럼 정신을 잃고 감금되어 있었소."

"과거 기억을 잃은 채 말이오?"

"그건 아니오. 기억을 잃은 것은 나 혼자요."

정영은 잠시 질문을 멈춘 채 침음했다.

무명은 그녀가 갑자기 정색을 하는 이유가 궁금했다.

"사대악인 중 누구 아는 자가 있소? 이강은 이미 봤으니 아닐 테고 다른 세 명은……."

순간 지하 감옥에서 이강에게 들었던 얘기가 무명의 뇌리를 스치고 지나갔다.

그때 이강은 킬킬거리며 사대악인에 대해 설명했었다.

'강호에서는 네 명을 합쳐서 사대악인이라고 부르지.'

'거한 놈은 사대악인이 아니라 이름 없는 피라미다. 사대악인 중 하나는 황궁에 있는 환관이다.'

'저년은 당랑귀녀다. 방사를 치른 뒤 남자의 목을 베어야 쾌감을 느껴서 붙은 별호지.'

'꼽추 놈의 별호는 인육숙수다. 객잔 손님을 인육으로 요리하는 게 취미거든.'

네 명 중 이강과 가짜 사대악인인 거한을 제외하면 두 명이 남는다.

당랑귀녀, 인육숙수.

무명은 둘 중 누가 정영과 관계가 있는지 알아차렸다.

"점창파에서 벌어졌다는 추문 때문이오?"

"추문? 말을 삼가시오."

정영의 눈빛이 날카로워졌다.

"그건 악녀가 명문정파를 업신여기며 농락했던 사고였소."

"……"

그녀의 분위기가 워낙 살벌해서 무명은 말을 삼켰다.

그는 당랑귀녀에 대한 얘기를 떠올렸다.

'당랑귀녀는 점창파의 사형제 네 명을 유혹해서 방사를 치렀다. 명문정파의 사형제가 한 여자를 두고 놀아난 것도 큰일인데 이후 모두 여자한테 목이 떨어지고 말았으니, 중원이 발칵 뒤집어졌었지.'

이강은 그게 오 년 전의 일이라고 했다.

점창파의 후기지수인 정영.

지금 정영의 나이는 스무 살 전후이리라 생각되었다.

오 년 전이라면 십 대 초중반이었다는 뜻이다.

막 남녀의 정을 알기 시작하는 나이에 문파의 사형 네 명이 강호의 악녀랑 놀아나는 추문을 벌이다가 죽음을 당했다.

그때 정영이 받은 충격이 어느 정도인지 누구도 감히 짐작할 수 없으리라.

구륜사 결전 이후 강호의 명문정파는 인원 부족에 시달리고 있었다.

부잣집 자제가 돈을 주고 속가제자로 들어온 경우는 많았지만, 실력을 갖춘 후기지수는 드물었다.

점창파 역시 제자가 넘쳐날 리는 없었다.

그런데 창졸간에 사형제 네 명이 죽은 것이다.

갑자기 네 사형을 잃은 정영은 눈앞이 캄캄했을 것이다.

그녀는 사문을 혼자 이끌어야 한다는 부담감에 항상 짓눌린 채 살아왔으리라.

정영의 분노가 당랑귀녀한테 집중되는 것은 당연했다.

그런 참에 무명이 사대악인 중 하나인 당랑귀녀와 만났다고 말했으니…….

전후 사정을 깨달은 무명은 정영의 기분을 알 것 같았다.

그가 조심히 말을 꺼냈다.

"당랑귀녀를 찾아서 사문의 복수를 할 생각이오?"

"……."

정영은 아무 말이 없었다.

그러나 무명은 그녀의 눈빛이 증오로 불타오르는 것을 느꼈다.

"나는 사대악인과 아무 관계도 아니오. 단지 그때는 지하 감옥을 탈출하기 위해 그들과 손을 잡았던 것뿐이오."

"당랑귀녀가 지금 어디 있는지 아시오?"

"모르오. 이강과 함께 황궁을 나간 뒤로 다시 본 적은 없소."

"그럼 이강한테 물어야겠군."

"이강도 아마 모를 것이오."

"상관없소. 이강은 아는 사실을 모두 실토해야 할 거요. 아니면 그 악녀와 한패라는 뜻이니까."

정영의 목소리는 한겨울의 서릿발처럼 냉랭했다.

"그런 악녀는 죽어 없어지는 게 세상에 도움이 되는 일이오. 나는 그 악녀를 반드시 멸절할 것이오."

"멸절……."

"그렇소. 멸절해야 할 존재요."

정영이 대답했다.

하지만 무명은 무심코 중얼거렸을 뿐, 그녀의 말에 맞장구 친 게 아니었다.

그는 문득 망자 멸절 계획이 떠올랐던 것이었다.

무림맹은 망자를 뿌리째 뽑아 없애겠다는 계획을 세웠다.

망자는 확실히 세상에 있으면 안 되는 존재였다.

당랑귀녀 역시 단죄받아야 마땅한 악인이었다.

그러나 무명은 기분이 미묘했다.

'이강도 멸절해야 될 자일까?'

이강은 마음속이 어두운 악인임은 분명했다.

이강과 엮이면서 벌어진 일은 복(福)보다 흉(凶)이 많았다.

하지만 그게 이강의 잘못은 아니었다.

오히려 이강은 무명에게 많은 도움을 주었다.

자기가 살기 위해 무명을 이용했으나, 그건 무명도 마찬가지였다.

그는 필시 수많은 적이 있을 것이다.

그들 또한 이강을 단죄하거나 복수하기 위해 칼을 갈고 있을 것이다.

그러나 누군가 무명에게 이강이 죽어야 세상이 평화로워지지 않겠냐고 묻는다면?

'……'

무명은 대답이 궁해질 것 같았다.

그가 무슨 말을 하려고 막 입을 열 때였다.

"통로가 끝났소."

정영이 걸음을 멈추고 말했다.

무명은 그녀와 위치를 바꾸었다.

그리고 통로 모퉁이 너머로 고개를 내밀었다.

모퉁이 너머에 있는 것은 평범한 방이었다.

방의 중앙에 보통 크기의 탁자와 의자가 놓여 있었으며, 탁자 위에는 기름불이 타고 있었다.

방은 수복화원의 우물을 통해 지하로 내려올 때 처음 나오는 방과 똑같았다.

망자들의 식사가 차려져 있던 방.

하지만 눈앞의 방은 탁자에 그릇이나 수저가 없었다.

대신 탁자에는 화선지 한 장이 문진에 눌린 채 펼쳐져 있었다.

옆에는 붓과 벼루가 있었는데, 벼루 속의 먹물은 이미 말라붙은 지 오래였다.

무명은 방과 연결되는 다른 통로를 향해 귀를 갖다 댔다.

다행히 쌔애애액 하는 기괴한 소리는 들리지 않았다.

적어도 당장 망자가 눈앞에 나타날 일은 없을 것 같았다.

정영이 물었다.

"어찌할 것이오? 이 방을 지나쳐서 계속 갈 거요?"

"……."

무명은 대답을 미룬 채 침음했다.

눈앞의 방처럼 평범한 장소는 책가도의 서책으로 표시되어 있지 않았다.

때문에 무명은 내심 좀 더 통로 속으로 들어가고 싶었다.

그러나 도중에 한빙석 방이 없는 게 문제였다.

망자와 마주치면 싸움을 피할 수 없는 것은 물론, 그들이 약방까지 따라올 경우 길이 막히게 된다.

망자를 쓰러뜨릴 인원은 정영과 마지일 둘뿐이다.

반면 무명과 제갈윤은 방해만 될 상황이었다.

무명이 대답했다.

"일단 돌아갑시다."

그는 마지일, 제갈윤 조와 진문이 발견한 장소가 어떤 곳인지 얘기를 들은 뒤에 행동하기로 결정했다.

무명과 정영은 뒤로 돌아 통로를 거꾸로 이동했다.

그들이 약방에 돌아왔을 때, 제갈윤과 마지일도 정찰을 끝내고 막 돌아온 참이었다.

제갈윤이 말했다.

"뭐라도 발견했소?"

"아니오. 평범한 방밖에 없었소."

"그렇군. 우리가 뭘 찾아냈는지 아시오? 마지일, 말해주게."

"통로 중간에서 특이한 방을 발견했지. 방은 정사각형 모양이었는데, 벽면 네 군데가 각각 다른 색으로 칠해져 있더군."

"벽에 칠해진 색깔은 차례대로 녹색, 적색, 황색, 흑색이었소. 흑건을 쓰고 황포를 걸친 방이 나오더니, 이번에는 무슨 흑도 무리 사인방의 옷차림 같더군, 하하하!"

제갈윤은 어이가 없다는 듯이 어깨를 으쓱하며 웃음을 터뜨렸다.

무명은 그런 그를 속으로 비웃었다.

'흑도 무리 사인방? 하긴, 천자문의 방도 깨닫지 못한 자가 그 방이 어떤 의미인지 알 리가 없지.'

그는 마지일에게 벽면이 네 가지 색으로 칠해져 있는 방 얘기를 듣는 순간 이미 떠올린 생각이 있었다.

'녹색, 적색, 황색, 흑색은 각각 봄, 여름, 가을, 겨울을 가리킨다.'

무명이 생각한 방의 정체는 사계절, 즉 춘하추동의 방이었다.

그렇다면 춘하추동과 관계있는 서책은?

무명은 머릿속에 책가도를 떠올린 다음 서책 제목을 한 권씩 훑어나갔다.

곧 그는 춘하추동이 가리키는 서책이 무엇인지 알아차렸다.

'이것이군.'

그가 찾아낸 서책의 제목은 '춘추(春秋)'였다.

춘추는 성인 공자가 옛 노나라 때의 기록을 직접 엮어낸 역사책이다.

학자들이 오경 중의 하나로 꼽는 책으로, 글을 공부하는 유생이라면 반드시 읽어야 할 필독서였다.

춘하추동을 줄이면 춘추가 된다.

춘하추동의 방은 책가도의 춘추를 가리키는 게 분명했다.

문제는 책가도의 서책 배치였다.

춘추가 꽂혀 있는 자리는 책장의 맨 왼쪽 끄트머리였다.

즉 춘추 왼쪽으로는 아무 서책도 없는 것이다.

또한 춘추의 위와 아래의 단에도 이거다 하고 느낌이 오는 서책은 보이지 않았다.

망자비서가 있는 곳으로 여겨지는 서책은 한 권도 없었다.

결국 제갈윤이 알아낸 것은 하나였다.

'그쪽 통로로 가봤자 아무것도 없다는 소리군.'

무명은 쓴웃음을 지었다.

설령 제갈윤이 망자비서가 있는 곳을 발견하더라도 그것은 운에 불과했다.

다들 무작위로 통로를 골라서 들어간 것이 아닌가?

그런데 제갈윤은 자신이 큰 공적이라도 세운 양 의기양양하게 웃고 있으니, 무명은 절로 한숨이 나왔던 것이다.

무명은 다시 책가도를 떠올리며 서책을 살폈다.

하지만 망자비서의 위치를 가리키는 서책이 무엇인지 알아낼 수 없었다.

'실마리가 없어도 너무 없다.'

지금 일행이 있는 장소 주변에 해당하는 서책들은 하나같이 평범한 서책들뿐이었다.

천자문, 사서, 오경 등등. 지하 도시의 출입구를 가리키는 천공개물, 관윤자, 무문관처럼 제목 자체에 실마리가 있는 특별한 서책은 좀처럼 찾기 힘들었다.

그때 오른쪽 통로를 조사하러 갔던 진문이 돌아왔다.

제갈윤이 말했다.

"뭐라도 발견했소? 설마 망자를 끌고 온 것은 아니겠지?"

망자에게 발목을 부상당한 뒤로 풀이 죽어 있던 제갈윤은 다시 기운을 차렸는지 말투에 거만함이 배어 나왔다.

"망자는 없었소."

진문이 대답했다.

그런데 그는 슬쩍 무명을 쳐다보더니 말을 잇는 것이었다.

"단지 이상한 방이 하나 나왔소."

"이상한 방? 어떤 곳이었소?"

"아무것도 없는 빈방이었소. 단지 벽면에 크게 그림이 그려져 있었소."

"무슨 그림?"

"형리들이 한 남자에게 형벌을 내리고 있는 그림이었소."

"별로 이상한 것도 없군. 황제가 있는 곳이라면 대역죄인 또한 항상 나오는 법. 바로 위에 황궁이 있으니, 형벌 역시 그칠 날이 없지 않겠소?"

제갈윤이 피식 웃으며 말했다.

무명은 이번 말만큼은 그럴듯하다고 인정했다.

무명이 황궁에서 지낸 날이 길지는 않았지만 역모죄로 걸려서 쥐도 새도 모르게 사라지는 사람들을 적지 않게 목격했기 때문이다.

제갈윤이 재차 물었다.

"어떤 형벌이었소? 목을 베는 참형? 무릎을 자르는 빈형? 기름 바른 기둥을 활활 타오르는 불길 위에 놓고 그 위를 걷게 하는 포락지형? 옷을 벗긴 뒤 독사와 전갈을 넣은 구덩이에 빠뜨리는 채분지형?"

그는 말만 들어도 소름이 끼치는 형벌을 아무렇지 않게 얘기했다.

진문이 고개를 저으며 말했다.

"모두 아니오. 궁형이었소."

"궁형이라고? 하하하하하!"

제갈윤이 손으로 이마를 짚으면서 광소를 터뜨렸다.

궁형(宮刑)은 중원에서 죄인을 다스리는 오형(五刑) 중의 하나였다.

다섯 가지 형벌은 다음과 같았다.

이마에 먹으로 글씨를 새기는 묵형(墨刑), 코를 베는 의형(劓刑), 발뒤꿈치를 베는 비형(剕刑), 목을 베는 대벽(大辟).

마지막 궁형은 생식기를 훼손하여 자손을 낳지 못하게 하는 형벌이었다.

그런데 지금 양물이 없는 남자, 즉 환관인 무명이 일행 중에 있지 않은가?

바로 제갈윤이 웃음을 터뜨린 이유였다.

"많고 많은 형벌 중에 궁형이라니, 세상일 한번 공교롭군! 하하하하!"

만약 다른 자였다면 당장 검을 뽑아도 이상하지 않은 상황이었다.

그러나 무명은 제갈윤이 웃음을 멈추기를 기다렸다가 말했다.

"다 웃었소?"

"그렇다. 뭐 할 말이라도 있나?"

"있소."

그 말에 정영과 진문이 서로 눈빛을 교환했다.

둘은 혹시라도 무명이 제갈윤에게 싸움을 걸면 뛰어들어

막을 생각이었다.

그런데 무명이 꺼낸 말을 들은 일행은 깜짝 놀라고 말았다.

"망자비서가 있는 곳을 알아냈소."

8장.

얼어붙은 호수

형리들이 한 남자에게 궁형을 내리고 있는 방.

진문이 발견한 방은 괴이하기 짝이 없었다.

또한 궁형은 환관인 무명을 떠올리게 했다. 제갈윤은 그 사실을 두고 광소를 터뜨리며 무명을 조롱했다.

그런데 무명이 꺼낸 말이 뜻밖이었다.

"망자비서가 어디 있는지 알았소."

"……!"

일행은 깜짝 놀란 눈으로 무명을 쳐다봤다.

제갈윤이 피식 웃으며 말했다.

"흥! 그래 봤자 또 헛걸음이나 하고 말겠지."

"헛걸음?"

"그래. 네놈이 지금까지 제대로 된 길을 안내한 적이 있느냐?"

보다 못한 정영이 끼어들며 말했다.

"말이 심하시오. 무명 덕분에 이 지옥 같은 곳을 여기까지 잠행하지 않았소?"

하지만 제갈윤은 거만하게 팔짱을 끼며 턱을 치켜들었다.

"좋다. 망자비서가 어디에, 왜 있는지 이유를 설명한다면 믿어주지."

그 말에 일행의 시선이 무명에게 집중되었다.

무명은 잠시 침음하며 생각했다.

'지금 책가도의 비밀을 모두 말해서는 안 된다.'

책가도의 서책 제목들이 지하 도시의 지도라는 비밀은 쉽게 발설할 수 없었다. 서책을 꽂아놓은 자가 무명의 과거와 관계가 있었기 때문이다. 황가전장의 혁낭에서 책가도에 대한 실마리가 나왔으니까.

무명은 사실과 거짓을 섞어서 말하기로 했다.

'사람들은 몽땅 거짓을 말하면 믿지 않는다. 하지만 사실에다가 십 분지 일의 거짓을 섞으면 믿게 마련이다.'

그가 무표정한 말투로 입을 열었다.

"진문이 찾은 방을 서책으로 비유하면 무엇일 것 같소?"

"서책?"

제갈윤이 눈썹을 찡그리더니 말했다.

"궁형이 그려진 방이니, 한비자? 아니면 진률?"

한비자(韓非子)는 춘추전국시대의 한나라 사람으로, 법가 사상을 집대성한 학자로 유명했다. 또한 그의 저술을 묶은 서책을 한비자라고 불렀다.

진률(秦律)은 진시황제가 중원을 통일한 뒤 완성한 법률 체계를 담은 서책이었다. 즉 한비자와 진률 모두 형벌과 관계있다고 할 수 있었다.

그러나 무명은 고개를 저었다.

"둘 다 아니오."

"그럼 다른 법전을 말하라는 거냐?"

"그럴 필요 없소. 내가 직접 말해주겠소."

"하하하, 얼마나 대단한 서책을 말하는지 어디 한번……."

"사마천의 사기요."

순간 제갈윤이 입을 꾹 다물며 낯빛을 바꾸었다.

마지일이 그답지 않게 진지하게 중얼거렸다.

"사마천의 사기? 과연 그 방과 딱 맞는군."

사마천은 한나라 때의 관리이자 학자다.

당시 사마천은 황제의 노여움을 사서 대벽과 궁형, 두 가지 형벌 중에 하나를 선택해야 하는 처지에 놓였다.

사람들은 그가 대벽을 고르리라고 생각했다. 대벽으로 목을 베여서 깨끗이 죽는 쪽이 궁형을 받는 것보다 나았기 때문이다. 궁형을 당해 양물이 없는 남자는 사람 취급을 받지 못한다는 게 세간의 인식이었다.

하지만 사마천은 치욕을 감수하고 궁형을 선택했다.

아버지 사마담이 남긴 유언 때문이었다.

사마담은 죽으면서 아들에게 역사서 집필을 끝내라고 말했다. 사마천은 유지를 받들었다. 죽는 것보다 더한 치욕을 감수하면서도 역사서를 완성한 것이었다.

그렇게 해서 세상에 나온 역사서가 바로 사기(史記)였다.

이후 사기는 중원 최고의 고전으로 손꼽히게 되었다. 치욕과 고통으로 점철된 삶을 살면서 대작을 집필한 사마천은 대학자로 칭송받았다.

학문과 거리가 먼 강호의 삼류무사도 사마천의 이야기는 알고 있을 정도였다.

무명이 말을 이었다.

"지도에 사마천의 사기가 표시되어 있었소. 진문이 찾은 방이 바로 그곳이오."

물론 지도 같은 것은 처음부터 없었다. 무명은 책가도의 서책 배치를 말하지 않기 위해 지도가 있는 것처럼 언급했다.

하지만 일행이 그 사실을 알 리 없었다.

"사기가 표시된 방을 따라가면 망자비서의 위치로 곧장 연결되오."

"듣던 중 반가운 소식이군."

마지일이 씨익 웃으며 말했다.

다른 일행도 무명의 말에 수긍했는지 고개를 끄덕였다.

"다들 뭐 해? 빨리 가자고."

마지일이 앞장서서 통로로 들어갔다.

어차피 일렬로 가야 하기 때문에 진영은 의미가 없어진 지 오래였다. 일행은 그의 뒤를 따라 진문이 찾아낸 방으로 이동했다.

잠시 후, 일행은 진문이 발견한 방에 도착했다.

방의 벽면에는 진문의 말대로 한 남자가 궁형을 받는 벽화가 그려져 있었다.

제갈윤이 피식 웃으며 중얼거렸다.

"양물이 없어서야 어디 사내라고 할 수 있겠나? 차라리 죽느니만 못하지."

그의 말은 대놓고 무명을 농락하는 것이었다.

하지만 무명은 제갈윤의 말이 귀에 들어오지 않았다. 그의 머릿속은 망자비서의 위치로 가득 차 있었다.

'이 방 역시 망자비서가 있는 곳은 아니다.'

사마천의 사기만으로는 망자비서의 위치를 알 수 없었다.

그러나 사기는 춘추와는 달리 어떤 서책을 가리키고 있었다. 책가도에서 사기가 꽂힌 단을 쭉 따라가면 한 권의 서책이 나왔던 것이다.

그 서책의 제목은…….

'봉신연의.'

바로 무명이 망자비서가 있을 거라고 추측하는 서책이었다.

봉신연의(封神演義)는 저자가 불분명한 소설로, 은나라 주왕이 폭정을 벌이자 주나라 무왕이 그를 몰아내고 새 나라를 세운다는 내용이다.

봉신연의는 단순한 전쟁이 아니라 수많은 신선과 요괴가 도술과 보패로 싸움을 벌인다는 이야기였다. 소설 속에서 죽는 자들 중 삼백육십오 명이 나중에 신으로 봉해지게 된다.

즉 괴력난신의 이야기를 그대로 펼쳐낸 소설이라고 할 수 있었다.

산해경 역시 괴이한 내용이 담긴 서책이다. 하지만 산해경이 가리키는 장소에는 괴물의 입이 있었을 뿐 망자비서는 없었다.

반면 봉신연의는 망자비서의 위치를 표시하는 데 가장 적합한 서책이었다.

그 이유는 봉신에 담긴 의미 때문이었다.

중원의 황제는 즉위하면 태산에 올라 신에게 봉신 제례를 올린다.

하지만 봉신에는 다른 의미가 숨어 있었다. 봉신(封神). 즉 이승의 일에 관여하지 못하도록 괴력난신을 봉하고 막는다는 뜻이다.

'산해경이 망자 소굴을 뜻한다면, 봉신연의는 그 망자를 제

압하는 방법을 뜻할 터.'

무명은 산해경에 너무 신경을 쓴 나머지 봉신연의를 살피지 않은 자신을 자책했다.

'내가 왜 이걸 몰랐을까?'

어쨌든 산해경을 지나가야 봉신연의로 갈 수 있으니, 그간의 여정이 헛걸음은 아니었다.

이제 책가도에는 더 이상 산해경이나 봉신연의에 비할 만큼 특이한 서책은 남아 있지 않았다.

무명은 확신했다.

'봉신연의 자리에 망자비서가 있다.'

그가 일행에게 말했다.

"이동합시다."

"뭐야? 또 어디로?"

"보시다시피 이곳은 그림 말고 아무것도 없소. 이 방은 망자비서로 가는 길목일 뿐, 망자비서가 여기 있는 것은 아니오."

무명은 제갈윤이 투덜거릴 기회를 주지 않고 몸을 돌렸다. 그리고 방에 연결되어 있는 통로로 들어갔다.

일행은 어깨를 으쓱한 다음 그를 따라 이동을 재개했다.

약방에서 사기의 방으로 이동한 뒤로는 갈림길이 나오지 않았다. 통로는 여전히 비좁고 구불구불 이어졌지만 일행은 그냥 앞으로 걸어가기만 하면 됐다.

그러나 차 한 잔 마실 시간이 지나도 통로는 여전히 계속됐다.

제갈윤이 말했다.

"답답하군. 얼마나 더 가야 되지?"

"나도 모르오."

"이것도 모른다, 저것도 모른다. 대체 아는 게 뭐냐?"

"통로의 끝에 망자비서가 있다는 것은 알고 있소."

"쳇, 말싸움 하나는 절대 지지 않는군."

제갈윤은 불평하는 것도 지겨운지 입을 다물었다.

다른 일행도 말은 안 꺼냈지만 답답한 것은 마찬가지였다.

통로는 어른 한 명이 간신히 지나갈 만큼 비좁았다. 게다가 높이가 낮아서 진문은 고개를 어색하게 움츠린 채로 걸어야 했다.

잠행에 익숙한 도적도 답답할 법한데, 하물며 문제가 생기면 무공으로 해결하는 명문정파의 제자들이 말없이 걷기만 하고 있으니 진이 빠질 만했다.

일행이 통로를 이동한 지 밥 한 끼 먹을 시간이 지났을 때였다.

갑자기 통로가 끝나고 드넓은 공터가 일행의 앞에 나타났다.

일행은 통로를 나왔다. 비좁은 동혈을 걷다가 확 트인 장소로 나오자 가슴이 상쾌했다.

"휴우, 살 것 같군."

마지일이 기지개를 켜며 앞으로 걸어 나갔다.

순간 무명이 팔을 들어 그를 막았다.

"멈추시오."

"뭐야? 망자라도 나왔냐?"

마지일이 깜짝 놀라며 발을 멈췄다. 그런데 무명은 고개를 젓더니 검지를 들어 앞을 가리키는 것이었다.

"망자는 없소. 하지만 그대로 걸어갔다가는 물에 빠질 것이오."

마지일이 고개를 들어 시선으로 무명의 검지를 좇았다.

곧 그가 어이없다는 듯 중얼거렸다.

"호수?"

그랬다. 길이와 폭이 얼마나 될지 알 수 없는 호수가 일행의 앞을 막고 있었다.

일행은 호수 가장자리에 좌우로 나란히 섰다.

마지일이 한숨을 쉬며 말했다.

"지하에 웬 놈의 호수야? 게다가 동정호만큼 넓은 것 같군."

동정호(洞庭湖)는 중원에서 가장 큰 호수로, 바다만큼 끝을 알 수 없는 크기로 유명했다.

일행 앞에 있는 호수는 동정호와는 비교할 수 없었다. 하지만 주위에 안개가 자욱하게 끼어서 앞이 잘 보이지 않는 바람에 실제 크기보다 넓어 보였다.

지하 깊은 곳에 펼쳐져 있는 호수.

마치 사람이 한번 발을 들이면 죽을 때가 되어서야 나갈 수 있다는 선계(仙界) 같았다.

제갈윤이 말했다.

"이제 어떡할 셈이냐? 설마 헤엄쳐서 호수를 건너자는 것은 아니겠지?"

"……."

무명은 바로 대답하지 않고 침음했다.

지금까지 특이한 서책이 꽂힌 자리에는 모두 특별한 장소가 있었다. 천공개물은 수복화원의 우물, 무문관은 황궁의 내원으로 통하는 팔 층 전각, 산해경은 망자 소굴인 괴물의 입.

눈앞의 호수 역시 세 장소에 못지않을 만큼 독특했다.

하지만 봉신연의와 호수가 무슨 관련이 있는지 좀처럼 알 수 없었다.

'문제는 호수가 아닌가? 만약 저 안에 무언가가 있다면…….'

호수는 뿌연 안개 탓에 한가운데에 무엇이 있는지, 또 호수가 끝나는 곳이 어딘지 보이지 않았다.

결국 호수 한가운데로 직접 들어가는 것 외에는 방법이 없었다.

그때 제갈윤이 무작정 호수를 향해 걸어갔다.

"물에 빠질까 봐 겁이 나냐? 여기는 말야."

그가 호수 바로 앞까지 간 다음 발을 들었다. 그리고 수면 위로 한 걸음 발을 내디뎠다.

하지만 풍덩 하고 물에 빠지는 소리 대신 둔탁한 소리가 났다.

턱!

"이 호수는 얼었다. 그냥 걸어가면 된다고."

그의 말대로였다. 호수는 바닥이 단단하게 얼어붙어 있었던 것이다.

다른 일행이 미처 몰라본 것은 얼음 위가 하얗지 않고 흐르는 물처럼 푸른 빛을 띠고 있어서였다. 또한 안개가 자욱해서 앞이 잘 보이지 않는 탓도 있었다.

제갈윤이 팔짱을 낀 채 뒤로 몸을 돌렸다.

"다들 뭐 해? 서생 놈이 명하지 않으면 얼어붙은 호수 하나 못 건너냐?"

그는 호수가 언 것을 가장 먼저 발견한 게 큰 공적이라도 되는 듯이 의기양양해했다.

그런데 무명은 다른 생각을 하고 있었다.

'호수가 얼어 있다는 것은 한눈에 알아차렸다. 단지…….'

호수가 이상한 점이 두 가지 있었다.

첫째, 큰 호수는 쉽게 얼어붙지 않는다. 바다처럼 쉴 새 없이 물결이 오르락내리락하기 때문이다.

둘째, 호수 주위는 안개가 자욱하게 낄 만큼 공기가 후덥지근했다. 그런데 호수 바닥은 단단하게 얼어붙어 있다고?

즉 호수는 추위가 아니라 다른 이유 때문에 언 게 틀림없었다.

문득 강호에 떠도는 소문이 뇌리를 스쳤다.

'혹시 호수를 얼린 게 그것인가?'

무명이 고개를 번쩍 들며 소리쳤다.

"제갈윤! 당장 호수에서 나오시오!"

"망자는 없다니까 그러네? 알았다, 분부대로 하지."

제갈윤이 자기는 무명처럼 겁쟁이가 아니라는 듯이 발을 옮겼다. 그러다가 고개를 갸웃거리며 밑을 내려다봤다.

"어라?"

그의 표정이 확 바뀌었다. 그는 걸음을 옮기려고 했지만, 할 수 없었다.

제갈윤의 두 발은 이미 얼음 바닥에 붙어버린 것이었다.

제갈윤이 어리둥절한 눈으로 자신의 두 발을 내려다봤다.

"이거 왜 이래?"

그는 발을 떼고 걸음을 옮기려고 했다.

하지만 두 발이 지남철처럼 호수 바닥에 딱 달라붙어서 떨어지지 않았다.

제갈윤이 몸을 굽혀서 양손으로 한쪽 다리를 잡았다. 그리고 턱을 꽉 다물며 들어 올렸다.

"끄아아아……."

찌지직!

그제야 얼음에 붙어 있던 발이 떨어졌다. 하지만 그는 재차 실수를 저질렀다. 기를 쓰고 발을 들어 올린 반동을 이기지 못하고 몸을 휘청거리다가 발을 다시 내려놓은 것이었다.

쩍! 간신히 떨어졌던 발이 다시 바닥에 붙어버렸다.

"누, 누가 좀……."

제갈윤의 얼굴은 당황한 것을 넘어서 공포에 질려 있었다.

마지일이 한심하다는 듯이 중얼거렸다.

"혼자서 온갖 사고는 다 치고 다니는군. 저런 게 제갈세가의 자제라니, 참 나."

그때 인영 하나가 호수로 몸을 날렸다.

휙!

제갈윤을 향해 날아간 자는 소림승 진문이었다.

진문이 제갈윤 바로 옆에 착지했다. 그런데 그는 한쪽 발만으로 바닥을 디딘 채, 다른 발은 무릎을 구부려서 바닥을 밟지 않았다.

마지일이 삐익 하고 휘파람을 불었다.

"오호라, 두 발이 붙으면 힘을 쓸 수가 없으니 한쪽 발로 착지한다? 대단하군. 한데 얼음 바닥은 못 밟는데 뭘 딛고서 뛰어오르시려나?"

마지일의 궁금증은 금세 풀렸다.

진문이 제갈윤의 허리를 끌어안았다. 그리고 바닥을 밟지 않은 발을 옆으로 뻗더니 제갈윤의 발등을 밟는 것이었다.

"하아압!"

진문이 제갈윤의 발등을 박차며 몸을 날렸다.

우드드득! 제갈윤 발등의 뼈가 어긋나는 소리가 들렸다.

그러나 진문은 공중으로 뛰어오르는 데 성공했다.

쩌적! 진문의 한쪽 발과 제갈윤의 두 발이 얼음 바닥에서 떨어졌다. 진문은 제갈윤의 몸통을 한 팔로 끌어안은 채 허공을 날아서 땅바닥에 착지했다.

제갈윤은 꼴사납게 바닥에 뒹굴었다. 털퍼덕. 그러더니 진문에게 밟힌 발을 붙잡고 욕설을 내뱉었다.

"으아아악! 빌어먹을!"

반면 진문은 제갈윤은 신경 쓰지 않는 듯 바지에 묻은 흙먼지를 손으로 터는 것이었다.

"소림 땡초 놈이 감히 제갈세가를 농락해? 네놈이 그러고도 목숨이 성할 줄 아냐?"

보다 못한 마지일이 끼어들며 말했다.

"소림 땡초 아니었으면 넌 호수에 선 채로 그대로 얼어 죽었다. 그리고 진문이 네놈 사정을 봐준 것도 모르겠냐?"

"남의 발을 천근추 수법으로 밟아놓고서 무슨 놈의 사정?"

"네놈 한쪽 발은 망자 머리한테 물려서 작살났잖아? 근데 진문은 다른 쪽 발을 밟고 뛰었으니, 대자대비한 마음으로 사정을 봐 준 게 아니고 뭐냐? 하하하하!"

"……."

마지일이 통쾌하게 웃어젖혔다.

제갈윤은 그제야 진문이 자기 목숨을 구해준 사실을 깨닫고 욕설을 멈췄다.

무명은 슬쩍 진문의 발을 봤다.

예상대로였다. 그가 얼음을 디뎠던 발은 신발창이 바닥에 달라붙어서 천 조각이 군데군데 떨어져 있었다. 얼음의 접착

력이 상상 이상이라는 뜻이었다.

마지일이 호수를 살피며 중얼거렸다.

"대체 어떻게 얼었길래 사람 발이 안 떨어지지?"

무명이 그 말에 대답했다.

"빙옥환이오."

"빙옥환이라고? 백부님한테 얘기를 들은 적이 있다."

제갈윤이 깜짝 놀라며 말했다.

"흑랑성도 처음에는 빙옥환으로 물을 얼려서 출구가 막혀 있었다고 하셨지."

"그렇소. 이 호수는 저절로 언 것이 아니오. 빙옥환을 써서 일부러 얼린 것이 틀림없소."

빙옥환(氷玉環)은 주위의 물을 꽁꽁 얼려 버린다는 기진이보였다.

"강호에는 빙옥환을 수원(水原)에 넣으면 물이 얼어서 만년빙으로 바뀐다는 소문이 있소. 호수 어딘가에 빙옥환이 있을 것이오."

"공기는 후덥지근한데 호수가 얼어 있더라니, 그런 이유가 숨어 있었군."

마지일이 고개를 끄덕이며 말했다,

하지만 제갈윤은 여전히 믿을 수 없다는 얼굴이었다.

"빙옥환은 중원에 하나밖에 없다는 기진이보다. 그런데 이런 곳에 빙옥환이 있다고? 말도 안 되는 소리!"

무명이 심드렁한 목소리로 대답했다.

"세상에 말이 안 되는 것은 없소. 단지 하나가 아니라 두 개 존재했을 뿐이오."

"또 억지로 말을 꾸며내는군."

"증거가 있소. 저걸 보고도 모르겠소?"

무명이 어딘가를 가리켰다. 일행이 고개를 돌리자, 뿌연 안개 너머에 나룻배 한 척이 얼음 속에서 잠긴 채로 얼어붙어 있는 것이 아닌가?

"배가 있다는 것은 이 호수가 처음부터 얼어 있지 않았다는 뜻이오."

"……."

"이 호수는 발을 갖다 대면 다시 뗄 수 없을 만큼 계속 얼어붙고 있소. 빙옥환이 아니라면 무엇으로 그렇게 만들었겠소?"

제갈윤은 할 말이 없는지 입을 다물었다.

무명은 호수를 바라보며 생각했다.

'여기가 봉신연의 자리인 것은 분명하다. 그럼 저 호수 안에 필시 망자비서가 있을 터.'

그가 일행을 보며 말했다.

"빙옥환을 찾읍시다."

"왜? 그걸 찾아서 뭐 하려고?"

"호수 안에 망자비서가 있소."

마지일이 묻자, 무명이 호수를 가리키며 대답했다.

"빙옥환을 부수고 호수의 물을 녹인 뒤 배를 타고 저 안으로 들어갈 것이오."

일행은 호수 주위를 돌면서 빙옥환을 찾았다.

다행히 호수의 가장자리에 사람 한 명이 지나갈 수 있는 길이 뻗어 있었다. 일행은 일렬로 서서 호수를 살피며 이동했다.

호수는 생각했던 것보다 넓지 않았다.

처음에 동정호처럼 넓다고 느꼈던 것은 지하 깊은 곳에 호수가 있다는 사실이 신기하게 여겨져서였다. 또 주위에 안개가 자욱이 끼어 있는 것도 호수의 크기를 짐작하기 어렵게 만든 이유 중 하나였다.

어느새 차 한 잔 마실 시간이 지났다.

일행은 호수를 반 바퀴 돌아서 반대편에 도착했다.

제갈윤이 무언가를 발견하고 소리쳤다.

"저기 통로가 있다!"

그의 말대로 돌벽 구석에 통로가 뻥 뚫려 있었다.

"다들 뭐 해? 이 지긋지긋한 호수를 벗어나자고!"

하지만 무명은 심드렁한 눈으로 그를 쳐다봤다. 제갈윤이 가장 먼저 통로를 알아차린 것은 그가 다른 사람들처럼 빙옥환을 찾지 않고 다른 곳에 정신이 팔려서였다.

무명이 툭 쏘듯이 말했다.

"우리는 호수 안으로 들어가서 망자비서를 찾을 것이오."

"흥, 안으로 들어가지도 못하면서 거기 있는 줄 어떻게 아냐?"

"못 들어가도록 만들어 놓았으니, 안에 보물이 있지 않겠소?"

무명은 더 대꾸하지 않고 몸을 돌렸다.

일행이 계속해서 발을 옮기자, 제갈윤도 마지못해서 발을 절며 뒤를 따라왔다.

빙옥환을 발견한 것은 호수 반대편에서 사 분지 일을 더 돌았을 때였다.

정영이 호수를 가리키며 말했다.

"저게 혹시 빙옥환 아니오?"

일행은 정영이 가리킨 곳을 향해 고개를 돌렸다. 육안룡의 빛줄기가 한데 모이자 뿌연 안개 너머가 환하게 보였다.

그녀의 눈썰미는 정확했다.

호수 가장자리에서 멀리 떨어진 지점의 얼음이 푸르스름한 빛을 띠고 있었다. 다시 보자, 빙옥환의 둥근 고리가 수면 위로 반쯤 나온 채 얼어붙어 있었다.

그때 안개 속을 헤치고 작은 소리가 들려왔다.

와직, 와직, 와직…….

일행은 소리의 정체를 깨닫고 침을 꿀꺽 삼켰다. 빙옥환 주위의 얼음이 계속 단단하게 얼어붙는 소리였다.

빙옥환은 어른이 엄지와 검지를 둥그렇게 만 정도의 크기였다. 그런데 그 작은 빙옥환이 호수 전체를 얼리고서도 여전히 냉기를 발산하고 있으니, 일행은 직접 보고서도 믿기지 않왔던 것이다.

스릉!

정영이 척사검을 뽑아 들었다.

"내가 빙옥환을 부수겠소."

제갈윤이 반가운 얼굴을 하며 말했다.

"잘 생각했소! 점창파의 사일검법에다 척사검을 더하면 사정거리가 우리 중에 가장 길겠군. 빙옥환 처리는 당신에게 맡겨두지!"

그 말에 다른 일행은 눈살을 찌푸렸다.

제갈윤이 잠행조 수장이 아닌 주제에 명령하듯이 말했기 때문만은 아니었다.

풀을 밟고 달려도 잎이 꺾이지 않는 초상비(草上飛) 수준의 경신법이 아니면 얼음을 밟지 않고 빙옥환을 부수는 것은 무리였다. 만약 한 발짝이라도 걸음을 헛디딘다면 얼음 위에 쓰러져서 그대로 얼어붙으리라.

즉 제갈윤의 심보는 위험천만한 일을 정영에게 떠넘기는 비열한 것이었다.

그러나 정영은 조금도 기분 나빠하는 기색이 없었다.

"여기서 내 몸이 가장 가볍소. 또 검을 쓰면 사정거리도 가장 길 것이오. 내가 하겠소."

그녀가 당당하게 말했다.

무명은 천천히 고개를 끄덕였다. 정영의 말이 옳았다. 그녀

말고 다른 누가 시도한다고 해도 빙옥환을 부술 가능성은 희박했다.

마지일이 한숨을 쉬며 말했다.

"송연화가 없는 게 아쉽군."

무명도 그 말에 동감했다.

송연화의 경신법은 잠행조에서 가장 뛰어났다. 그녀가 행하는 곤륜파의 운룡대팔식이라면 중간에 단 한 번만 얼음을 딛고서 빙옥환까지 날아갈 수 있을 것이다.

또한 이강이 없는 것도 아쉬웠다. 이강의 금성추는 일행이 쓰는 병기 중에서 가장 사정거리가 길지 않은가?

'이강과 송연화가 힘을 합치면 저 빙옥환을 부수는 것은 문제도 아닐 텐데.'

하지만 그 둘은 지금 자리에 없었다.

무명은 냉정하게 생각했다.

'정영에게 맡기자.'

그가 말했다.

"얼음에 발이 달라붙기 전에 단번에 빙옥환을 부수어야 하오."

"알고 있소."

정영의 목소리에는 일말의 망설임도 없었다.

마지일이 중얼거렸다.

"도움닫기 할 땅도 없는 게 아쉽군."

무명은 그 말에 재차 공감했지만 왠지 짜증이 났다. 마지일이 아쉬운 점만 콕 찔러서 말을 꺼내기 때문이었다.

만약 호수 정면에 빙옥환이 있었더라면 통로에서 달려 나오며 도약할 수 있었을 것이다.

그러나 호수 가장자리는 사람 한 명이 간신히 지나갈 틈밖에 없으니, 정영은 제자리에서 그냥 뛸 수밖에 없는 처지였다.

그때였다. 진문이 슬쩍 앞으로 걸어 나왔다.

그가 몸통을 가로질러서 묶어놓은 천을 풀었다. 그리고 등에 매놨던 두 개의 단봉을 집어 들었다.

제갈윤이 피식 웃으며 물었다.

"설마 그걸로 얼음을 짚고 뛰겠다는 것은 아니시지?"

작은 도랑을 건널 때 장대로 바닥을 짚고 건너뛰는 방법은 어린아이도 생각해 낼 수 있다.

하지만 지금 상황은 달랐다. 제갈윤이 그 사실을 지적했다.

"그거 길이가 반 장도 안 되는데 목발로 쓰면 모를까, 호수를 건너갈 수 있겠소?"

"……."

진문은 아무 말이 없었다.

사고만 치고 다니는 제갈윤이 다른 자를 비웃으니, 다른 일행은 참는 데 한계가 왔다.

진문이 단봉 두 개를 쥔 다음 끝을 갖다 댔다.

"설마 봉이 달라붙는 건 아니겠지? 하하하……."

제갈윤이 웃음을 흘리다가 말을 삼켰다.

진문이 끝을 가져다 댄 두 개의 단봉을 서로 반대쪽으로 비틀었다. 그리고 두 주먹을 붙이면서 단봉을 밀었다. 마지막으로 먼저와는 반대 방향으로 재차 손목을 비틀었다.

단봉 속에 파여 있는 요철(凹凸)이 맞물리는 소리가 들렸다.

철컥!

진문이 봉을 확 치켜들었다. 쉬익! 날카로운 파공음이 허공을 갈랐다.

일행은 잠시 멍하니 진문의 손에 들린 봉을 쳐다봤다. 길이가 어중간하던 두 개의 단봉이 하나로 이어져서 일 장을 넘는 장봉(張奉)으로 탈바꿈했던 것이다.

진문이 제갈윤을 밀치며 앞으로 나섰다.

"비키시오."

"……."

제갈윤은 어안이 벙벙한 얼굴이 되어서 뒤로 물러났다.

진문이 정영에게 말했다.

"아미타불. 빈승이 도울 방법은 이게 다요. 가능하겠소?"

"가능하오. 고맙소."

정영이 멀찍이 뒤로 걸어갔다.

진문이 길 끝에 발을 걸치고 선 다음 기합을 내질렀다. 동시에 두 팔을 뻗으며 정면을 향해 장봉을 찔렀다.

"하아앗!"

펑! 장봉으로 허공을 찔렀을 뿐인데 마치 돌벽을 부순 것 같은 소리가 터졌다.

진문이 일갈했다.

"지금이오!"

순간 정영이 몸을 홱 돌리더니 땅을 박차고 뛰기 시작했다.

타타타탓!

그녀는 땅을 달리다가 진문에게 접근하자 벽을 밟고 달렸다. 팟팟팟! 이어서 진문의 어깨를 밟은 다음 순식간에 장봉으로 건너갔다.

휙!

정영이 장봉의 끄트머리를 밟고 빙옥환을 향해 몸을 날렸다.

도움닫기를 할 거리가 조금도 나오지 않는 상황.

그러나 소림사와 점창파의 두 후기지수가 힘을 합치자 불가능은 가능으로 바뀌었다.

타타타타탓!

정영이 벽을 밟고 달려서 진문의 어깨로 올라갔다.

이어서 일직선으로 뻗은 진문의 어깨, 팔꿈치, 손, 장봉을 타고 달렸다. 그리고 장봉의 끝을 박차며 도약했다.

휙!

그녀의 신형이 자욱한 안개를 뚫고 화살처럼 날아갔다.

곧 일직선으로 날아가던 정영이 조금씩 포물선을 그리며 아래로 처졌다.

이윽고 몸이 호수 바닥에 가까워졌다. 순간 그녀가 바닥을 힘껏 발로 찼다.

"하앗!"

짝! 그녀의 발이 얼음 바닥에 붙었다가 떨어지는 소리가 났다.

반탄력을 얻은 정영이 다시 한번 몸을 날렸다.

무명은 그 모습을 보며 생각했다.

'한 번으로는 부족하다. 앞으로 한 번 더 발을 디뎌야 된다.'

정영의 몸이 다시 아래로 내려왔다.

그녀가 재차 얼음 바닥을 발로 차며 뛰어올랐다. 쩌억! 이번에 들린 소리는 먼저보다 길었다. 발이 얼음면에 닿은 시간이 더욱 길어졌다는 뜻이었다.

아니나 다를까, 정영의 몸이 그리는 포물선이 아래로 크게 휘어졌다.

그녀의 발이 결국 얼음 바닥 위를 밟았다.

마지일이 한숨을 쉬며 중얼거렸다.

"아깝게 됐군."

그의 목소리가 어딘가 미묘했다.

그는 정영이 빙옥환을 부수는 데 실패해서가 아니라, 자신이 음심(淫心)을 품은 여인이 빙판에 나뒹굴어서 영원히 얼음 조각이 되는 것을 아까워하고 있었다.

그때 무명이 나직한 목소리로 되받아쳤다.

"아직 안 끝났소."

순간 정영이 몸을 빙글 돌렸다. 동시에 바닥에 닿지 않은 발을 옆으로 후려 찼다.

탓!

그녀는 발차기를 하는 반동으로 빙판에 붙은 발을 뗐다.

그리고 빙옥환을 향해 마지막으로 도약했다.

"하앗!"

정영이 공중에서 소용돌이처럼 몸을 회전하며 척사검을 찔렀다.

일행은 숨을 멈추고 그녀의 신형을 바라봤다.

만약 빙옥환이 금강석만큼 단단해서 일검에 부서지지 않는다면?

더는 도약할 힘이 없는 정영은 그대로 빙판에 쓰러질 것이다. 그리고 팔다리를 미친 듯이 움직이다가 마침내 꼼짝 못하고 얼어붙어 버릴 것이다.

마치 발버둥 칠수록 더욱 깊이 파묻히는 늪에 빠진 사람처럼.

척사검이 빙옥환을 향해 날아갔다.

하지만 정영의 몸은 더 이상 앞으로 나갈 힘을 잃고 빙판 위로 떨어졌다.

그때 정영이 양발을 쭉 뻗었다.

그녀의 두 다리가 완전히 일(一)자로 펼쳐졌다.

슈웃!

그녀의 몸과 정확히 일자가 된 척사검이 빙판 위로 삐죽 나와 있는 빙옥환을 찔렀다.

쨍! 날카로운 소리가 귀청을 찔렀다.

척사검의 검 끝에 반짝거리는 점들이 산산이 흩어지고 있었다.

박살 난 빙옥환의 파편이었다.

몸을 날려서 일검에 목표를 꿰뚫는 점창파의 사일검법. 게다가 괴이하게 기다란 척사검이 더해지자 그 위력은 두 배, 아니, 세 배 이상이 되었다.

정영이 척사검으로 빙옥환을 부수는 데 성공한 것이었다.

"과연 대단하군!"

음심을 품은 눈으로 정영을 쳐다보던 마지일조차 박수를 치며 감탄했다.

정영이 두 발을 쭉 뻗은 채 얼음 바닥에 쓰러졌다. 그녀의 몸과 시지가 금세 바닥에 쩍쩍 달라붙으며 얼었다.

마지일이 눈썹을 찡그리며 말했다.

"어떻게 된 거지? 빙옥환을 부쉈잖아?"

"그녀는 괜찮소."

무명이 빙옥환의 반쪽이 잠겨 있는 곳을 가리키며 말했다.

"얼음이 녹고 있소."

빙옥환은 원래 푸르스름한 빛을 은은하게 내뿜고 있었다. 그러나 빙판 위로 나와 있던 반쪽이 정영의 척사검에 부서지자 금세 검푸른 색으로 바뀌어가고 있었다.

얼음이 녹기 시작한 증거는 또 있었다.

쿨렁!

빙판 밑에서 둔중한 소리가 울려 퍼졌다. 얼음이 녹자 속에 있던 공기 방울이 요동치면서 움직이기 시작한 소리였다.

마지일이 호수 위로 몸을 날렸다. 그리고 팔을 휘휘 저으며 걸어갔다.

쩌저저적. 걸을 때마다 발바닥이 달라붙는 건 여전했지만, 이전처럼 단번에 얼어붙지는 않고 금세 떨어졌다.

마지일이 정영에게 다가가 손을 내밀었다.

"수고했소. 자, 손을 잡으시오."

그러나 정영은 그의 손을 무시한 채 혼자서 몸을 일으켰다.

"괜찮소."

정영은 마지일에게 시선 한번 던지지 않고 호숫가로 걸어갔다.

마지일이 야릇한 미소를 띠며 중얼거렸다.

"쌀쌀맞은 게 얼어붙은 빙판보다 더하군. 뭐, 그래야 정복하는 재미가 있지만."

그가 무명 쪽을 향해 소리쳤다.

"뭐 하냐? 얼음이 녹기 전에 호수를 조사해야지?"

"얼음이 다 녹기를 기다렸다가 배를 타고 들어갈 것이오."

"뭐? 아직 걸어 다닐 수 있는데 미쳤다고 그때까지 기다려?"

마지일이 어이없다는 얼굴로 물었다. 하지만 무명의 대답에 그는 말문이 막히고 말았다.

“호수 한복판까지 갔다가 얼음이 녹으면 그때는 헤엄쳐서 나올 생각이오?”

“…그렇군.”

마지일도 정영의 뒤를 따라 다시 호수 가장자리로 돌아왔다.

일행은 호수를 돌아서 배가 있는 곳으로 향했다.

얼어붙은 호수는 빠르게 녹아내렸다. 투명해진 빙판 아래에서 기포가 부글부글 솟아오르는 게 보였다. 빙판의 두께가 얇아져서 살얼음판이 되었다는 뜻이었다. 이제 잘못 호수에 발을 들였다가는 얼어붙는 게 아니라 얼음이 깨져서 수몰되고 말리라.

일행은 배가 있는 곳에 도착했다.

얼어붙어 있던 배는 살얼음판의 수면 위에 둥둥 떠 있었다.

그들은 한 명씩 차례로 배에 올랐다. 진문이 일행을 마주보고 앉아서 노 하나를 쥐어 들었다. 마지일도 옆에 앉아서 노를 잡았다.

그런데 진문이 고개를 저으며 마지일에게 손을 내밀었다.

“이리 주시오.”

“하! 소림 땡초가 사람 무시하나? 좋다, 혼자서 잘해봐라.”

마지일은 진문에게 노를 넘기고는 팔짱을 낀 채 그를 지켜봤다.

“후우우우… 하압!”

진문이 숨을 깊이 들이마셨다가 단숨에 내뱉었다. 동시에 노를 잡은 채 앞으로 뻗은 두 팔을 가슴 쪽으로 끌어당겼다.

두 개의 노가 강하게 물살을 밀어냈다.

좌아아악!

"후우우, 하압! 후우우, 하압!"

진문이 노를 젓혔다가 당기기를 반복했다. 그의 가슴, 팔뚝, 등에서 돌덩이 같은 근육들이 울퉁불퉁 솟아올랐다.

호수는 아직 완전히 녹지 않아서 살얼음이 끼어 있었다. 그러나 배는 마치 평지를 달리는 마차처럼 얼음을 부수면서 전진했다.

쫘자자작! 뱃전에서 살얼음판이 좌우로 부서지면서 박살났다.

마지일이 중얼거렸다.

"이거야 원, 파죽지세가 따로 없군."

파죽지세(破竹之勢). 대나무는 가로로 자르는 게 상당히 어렵다. 하지만 세로의 결을 따라 자르면 금이 가면서 쉽게 쪼개진다. 즉 파죽지세는 적을 거침없이 찍어 누르며 전진하는 기세를 뜻하는 말이었다.

지금 진문이 노를 젓는 모습이 그랬다. 배는 파죽지세로 살얼음판을 가르며 앞으로 쑥쑥 나아갔다.

마지일이 어이없다는 투로 말했다.

"정말 스님 맞나? 고기도 못 먹으면서 무슨 힘이 있다고."

"불가에서는 육식을 금하고 있소. 하지만 다른 걸 먹으면 되오."

진문이 대답했다. 이제 그는 호흡을 몰아쉬지 않고 느긋하게 노를 젓고 있었다. 멈춰 있던 배에 속도가 붙자 노 젓기가 한결 수월해졌기 때문이었다.

"고기를 먹는 것처럼 힘이 나는 음식이 있다고? 그게 뭔데?"

"두부요."

"두부? 하긴, 고기가 없으니 두부라도 먹어야겠지. 한데 일 년 삼백육십오 일을 두부만 먹으면 금세 물리지 않나?"

"모르는 소리."

진문이 그답지 않게 목소리를 높였다.

"두부는 중원 제일의 음식이오. 맛은 담백하고 영양은 뛰어나서 어떤 고기도 비할 바가 못 되오."

계속해서 진문의 일장연설이 쏟아졌다.

"두부는 그냥 먹어도 맛있지만 튀기면 더욱 맛있소. 두부와 가지를 기름에 튀겨서 양념을 끼얹은 다음 밥에 얹어 먹으면 천하일미가 따로 없소."

"특히 발효시킨 두부는 중원 음식 중의 으뜸이오. 물기를 없애고 소금을 뿌려서 만든 취두부(臭豆腐)는 단연 최고요. 장두부(醬豆腐)나 모두부(毛豆腐) 역시 별미라 할 수 있소."

"소림사에서는 매년 두부를 말린 다음 돌에 눌려서 포를 만드오. 여름에는 두부포를 찬물에 담가 무침을 만들어 먹소.

겨울에는 포를 국수처럼 가늘게 썬 다음 버섯, 죽순, 공심채를 함께 넣고 탕을 끓인다오."

"그 국물 맛은 한번 먹어본 자는 절대 잊지 못하오."

"……."

일행은 어안이 벙벙한 채 진문의 장광설을 들었다.

잠시 말문이 막혀 있던 마지일이 입을 열었다.

"당신, 소림사 나한당이 아니라 주방장 출신 아냐?"

"나한당에서 쫓겨나면 주방 일을 하는 것도 괜찮겠군. 자고로 직업에는 귀천이 없다고 하지 않소?"

"끄응……."

마지일이 쓴웃음을 지으며 입을 다물었다. 아무리 비아냥거리며 농담을 지껄여도 진문이 화를 내기는커녕 적절하게 대꾸하니 할 말이 없어졌던 것이다.

그러는 사이 배는 더욱 빠르게 앞으로 나아갔다.

이제 호수는 얼음이 다 녹아서 물살이 출렁거렸다. 빙옥환 때문에 맑고 푸른빛을 띠고 있던 호수가 어느새 검푸른색으로 바뀌어 있었다.

자욱한 안개가 배 주위를 감싸고 돌았다. 빙옥환이 없자 안개가 더욱 짙어진 것 같았다.

때문에 일행은 배를 타고 얼마나 왔는지 짐작할 수 없었다.

정영이 말했다.

"지하 도시도 그렇지만 이 호수는 대체 왜 만들었는지 모르겠소. 게다가 호수를 파놓고서 왜 빙옥환으로 얼렸는지도 의문이오."

그녀는 무심코 꺼낸 말이었다.

그런데 무명의 대답이 일행을 깜짝 놀라게 만들었다.

"망자가 접근하는 걸 막기 위해서일 것이오."

"……!"

"망자는 냉기에 약하오. 빙옥환으로 호수를 얼린 것은 망자 때문이오."

무명의 말에 일행은 자기도 모르게 고개를 끄덕였다.

"호수를 얼린 이유는 하나 더 있소."

무명이 말을 이었다.

"호수 안에 망자비서가 있기 때문일 것이오."

마지일이 중얼거렸다.

"그렇군. 기진이보인 빙옥환을 써서 호수를 얼린 이유는 그것 말고는 설명이 불가능하군."

다른 일행도 재차 고개를 끄덕이며 동감을 표했다.

그때였다.

제갈윤이 앞을 가리키며 말했다.

"저기 무언가가 있다!"

일행이 고개를 돌리자, 배의 앞에서 안개가 갈라지며 건물이 나타났다.

건물은 이 층짜리 전각이었다.

지하 도시에 있는 팔 층 전각과는 달리, 눈앞의 전각은 그다지 크지 않았다. 또한 짙은 안개 탓에 나무는 썩어서 군데군데 곰팡이가 피고 돌벽은 색이 바래 있었다.

아래를 내려다보자 물 밑으로 큼지막한 돌기둥이 보였다. 네 개의 돌기둥을 호수 바닥 속에 깊이 박아서 기초를 다진 뒤, 그 위에 전각을 세운 것이었다.

진문이 노를 저어 건물 옆에 배를 댔다.

일행은 배에서 내려 전각의 처마 아래에 섰다.

순간, 무명은 전신에 오싹 소름이 돋는 것을 느꼈다.

그의 육감이 이렇게 말하고 있었다.

'이곳에 무언가 기괴한 것이 숨어 있다.'

봉신연의는 수많은 신선과 요괴가 한바탕 전쟁을 벌이는 소설이다.

괴력난신이 총출동하는 서책 자리에 위치한 호수. 그 호수의 한가운데 떠 있는 전각이 괴이한 기운을 뿜어내고 있는 것은 당연했다.

물론 기괴한 무언가는 필시 망자비서이리라.

전각의 대문은 나무가 아니라 돌이었다. 길이와 폭이 일 장을 넘는 돌판 두 개를 벽 좌우에 달아서 통째로 문을 만들어 놓은 것이었다.

진문이 돌문 앞으로 가서 섰다. 그리고 두 손을 돌문에 댄 다음 밀었다.

"하앗!"

돌문은 오랫동안 열리지 않았는지 꿈쩍도 안 했다.

그러나 진문이 근육이 불거지도록 힘을 쓰자 조금씩 움직이기 시작했다.

끼이이이익…….

"흐아아압!"

진문의 상체 근육이 용틀임을 하며 돌문 두 짝을 좌우로 활짝 밀어젖혔다.

삐거억!

전각의 문이 열렸다.

스릉! 정영과 마지일은 검을 뽑았고, 제갈윤은 품에서 판관필을 꺼내 들었다.

"들어갑시다."

무명이 명령했다.

일행은 암흑 속으로 발을 내디뎠다.

『실명무사』 5권에 계속…